意味が分かると怖い話

藤白圭

意味が分かると怖い話

藤白圭

5分シリーズ+

河出書房新社

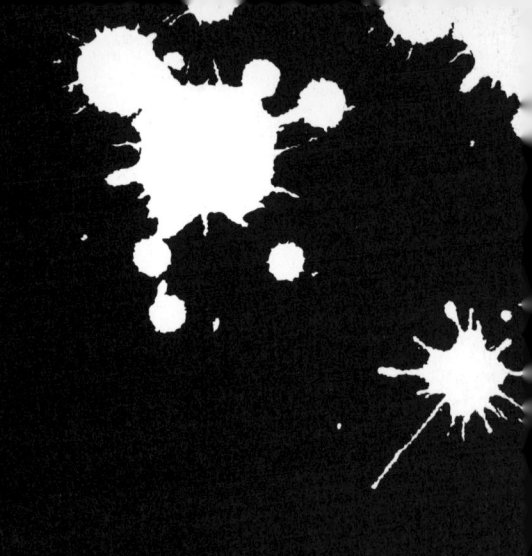

意味が分かると怖い話

5分シリーズ+

第1章

幽

GHOST

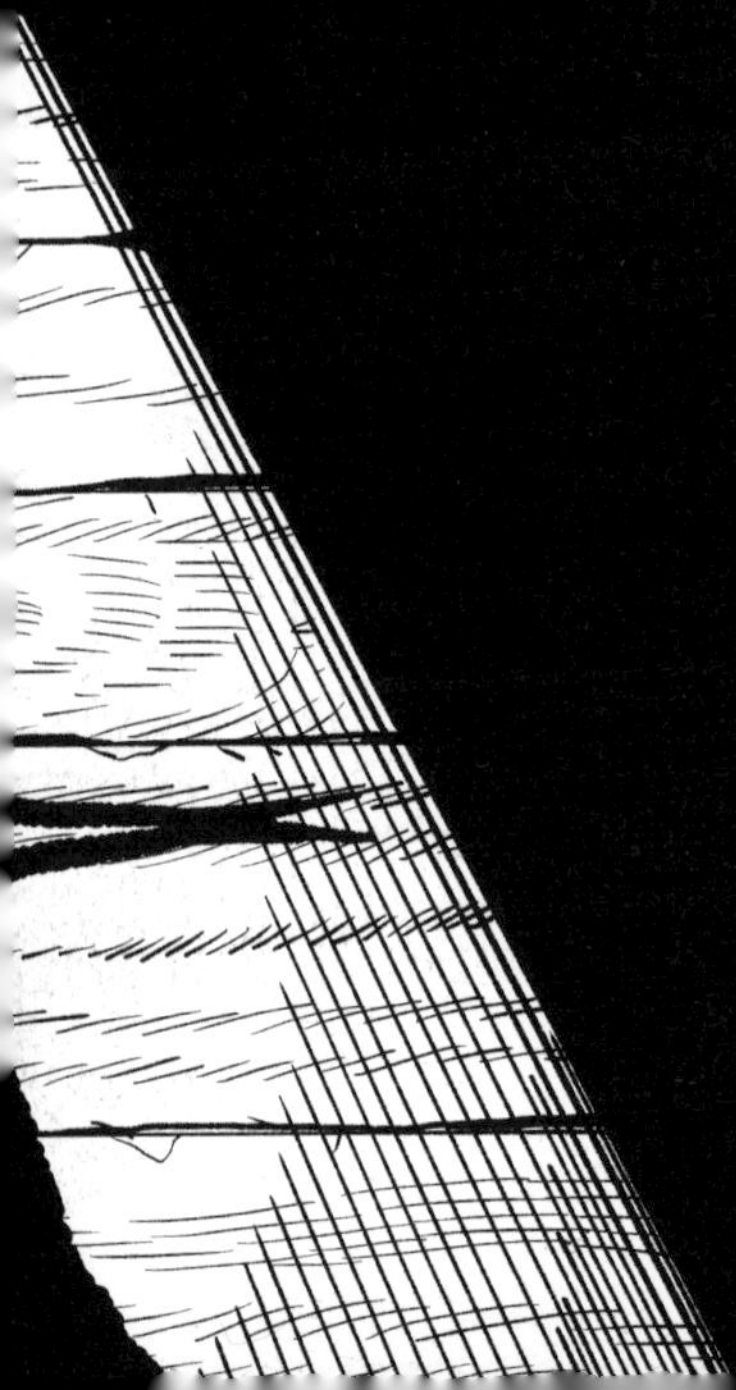

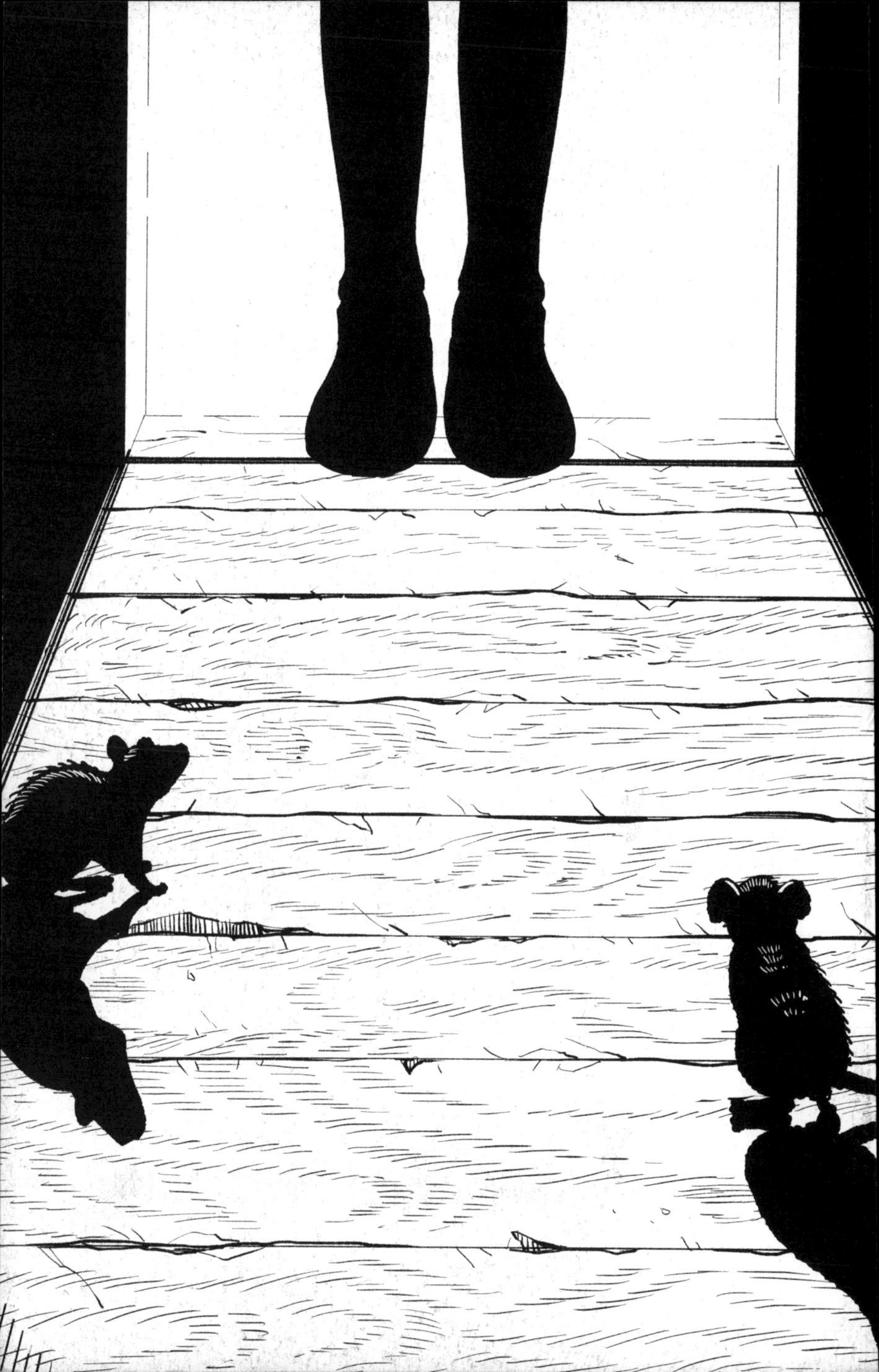

STORY 001

でるんです

うちのアパート……出るのよ。
え？
何がって？「幽霊《ゆうれい》」に決まってるじゃない！
家族の霊っぽいんだけど、朝から晩までいて、子どもなんてベッドに侵入《しんにゅう》してくるの！
ありえないでしょ？
盛り塩？
それ、効果あるの？
やってみるよ！
あれ？
塩触《さわ》ると痛いんだけど。
何これ。
私、塩、怖《こわ》いっ。

塩に触ると痛がる語り手こそが「幽霊」。死んだことに気がつかず、住んでいた場所に居座っていた霊にとっては、引《ひ》っ越《こ》してきた生身の人間のほうが、自分の存在に気がつかず、好き勝手に振《ふ》る舞《ま》う異質な存在なのかもしれない。
もしかしたら、あなたの住んでいる部屋にも、霊がいるかも？

STORY 002

いつも一緒になる彼女《かのじょ》

俺《おれ》が毎朝乗るエレベーターに、必ず同じ女性が乗っている。
毎朝会うのだが、彼女は挨拶《あいさつ》をするどころか、決して俺のほうを見ない。
しかも、いつも心なしか顔色も悪い。
「あのぉ」
意を決して声をかければ、「ひぃっ！　あ、悪霊《あくりょう》退散！」と、御守りを見せる。
その御守り。
交通安全のだし。
俺には効かないんだけどなぁ。

毎朝エレベーターで一緒になる女性の顔色が悪いのも、挨拶どころか顔を見ないのも、理由は語り手が幽霊《ゆうれい》だから。
自分は霊感がないから大丈夫だと思っているあなた。
マンションのエレベーターや、通勤・通学電車でいつも一緒になる「誰か」は、本当に生身の人間だと言い切れますか？

STORY 003

観覧車

遊園地デート。

ジェットコースターやお化け屋敷《やしき》などで絶叫《ぜっきょう》しまくり。最後に乗ったのは、定番の観覧車。

どんどん高くなる中で、彼氏《かれし》の視線が固まった。

「前の人たち、なんで外を見ていないんだ？」

「高所恐怖症《こうしょきょうふしょう》じゃない？」

「なんで片方のシートに集まってるんだよ」

「高いところが怖《こわ》いんでしょ」

せっかく二人っきりなのに、一つ前のゴンドラに乗る家族ばかり気にする彼氏に、溜息《ためいき》が漏《も》れる。

「じゃあさ。一切、ゴンドラが傾《かたむ》いていないのはなんでだ？」

その一言で、観覧車も絶叫マシーンの仲間入りを果たした。

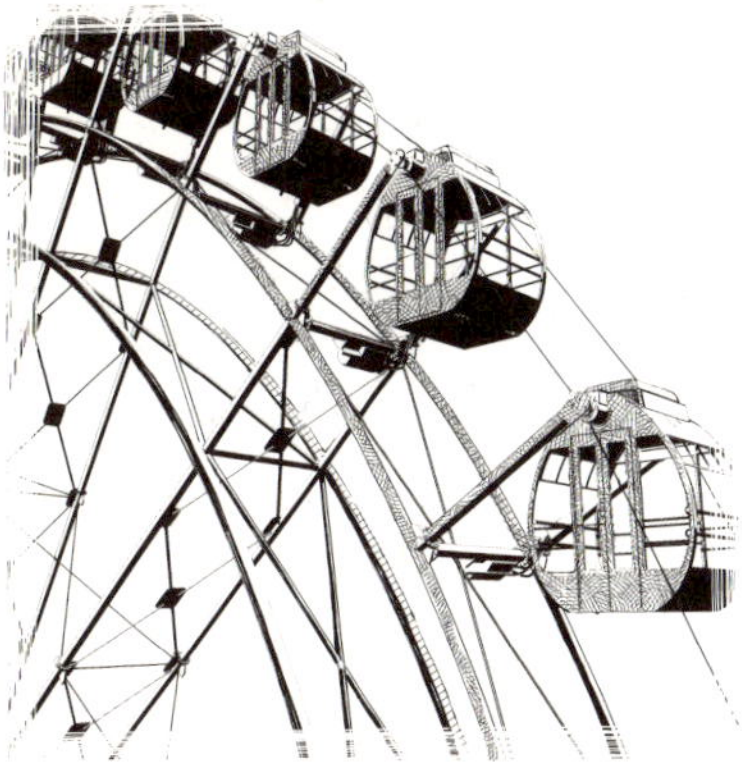

ゴンドラの片側に家族が集まっているということは、片側のみに百キロを超《こ》える重さが加わっているはず。
にもかかわらず、ゴンドラが傾かないということは、彼らには「重さ」がないということ。
すなわち——人ならざるものであるということである。

STORY 004

家族の異変

私は小さな頃から体が弱いが、明るい父、優しい母、可愛《かわい》い弟のお陰《かげ》で幸せだった。
けれど、ある日を境に父はやつれ、母はよく泣き、弟は無口になった。
私は明るく振《ふ》る舞《ま》うが皆《みな》無視する。
なぜか線香臭《くさ》いご飯しかくれなくなった家族に違和感《いわかん》を覚える。
我が家はどうしちゃったの？

小さな頃から体が弱かった語り手は、きっと病気で亡《な》くなってしまったのだろう。自分自身が死んだことに気がついていない主人公にとっては、悲しみに明け暮れ、自分の存在を無視する家族に違和感を覚えるのも仕方がないことではあるのだが、なんとも切ない話である。

STORY 005

遠距離恋愛《れんあい》

遠距離の彼女《かのじょ》とは、どんなに忙《いそが》しくても毎朝晩のメールは欠かさない。

それが長続きの秘訣《ひけつ》だと俺《おれ》は思っている。

けれど、ここんとこあまりに忙しすぎて、お互い挨拶《あいさつ》程度のメールしかできなかった。

久々に電話をかけたが、電源が入っていない。

そのとき、俺の携帯《けいたい》が鳴った。

「実はね。明子《あきこ》が最近音信不通でねぇ。心配になって明子の部屋に行ったら、あの子の白骨化した死体が……」

泣きじゃくる彼女の母からの電話に俺は絶句した。

死体が白骨化するまでには数ヶ月かかる。では毎日メールしていた相手とは……幽《ゆう》霊《れい》はもちろんだが、赤の他人だったとしても不気味としか言いようがない。

STORY 006

小さな悪戯《いたずら》

埃《ほこり》まみれの箪笥《たんす》の上に、握《にぎ》り拳《こぶし》を押しつけ、さらに指先をちょんちょんっと五回押しつけて、小さな子どもの足跡《あしあと》のような形を作る。

それを、いくつか作って放置していた。

数日後、母親が大きな声で叫《さけ》んだ。

「何よこれ!?　子どもの手形と足跡がたくさんっ！」

ふふ。

私の仕業《しわざ》なのにお母さんったら慌《あわ》ててる。

ドッキリ大成功だわ。

埃まみれの箪笥の上に悪戯でつけたのは、
小さな足跡のような形。
それなのに、母親は「子どもの手形と足跡がたくさん」と言っている。
手形は一体誰《だれ》のもの？

STORY 007

見返り橋

オカルトマニアな俺《おれ》は、とある地方でいわくつきの橋まで旅行がてら渡りにきた。

「見返り橋か」

渡っている途中で振《ふ》り返ると、川へ引きずり込《こ》まれるという橋。

誰《だれ》もいないので独り言を言いながら渡る。

「あ〜。一緒にこういう所に来てくれる彼女《かのじょ》が欲しい」

渡り切った所で「その願い叶《かな》えてやる。その代わりお前の大切なものをいただく」というつぶやきが聞こえた。

見返りは見返りでも、振り向いて後ろを見るという意味ではなく、相手のしてくれたことと同等、またはそれ以上の代償《だいしょう》を返さなくてはいけないという意味のほう。
こんないわくつきの場所で不用意に願いごとをつぶやいた日には、見返りに何を求められるのか……考えただけでもゾッとする話である。

STORY 008

脱走《だっそう》

近所に住む幼馴染《おさななじみ》とは、小学校から高校までずっと同じ学校に通っていた。

ところが、彼女《かのじょ》は交通事故で大怪我《おおけが》をして入院した。

ある日、登校すると、退院したという連絡もないのに校内で彼女の姿を発見。

「ちょっと！　あんた、もう大丈夫なの？」

振《ふ》り返った彼女は、ハッとしたような顔をし、「あ！　抜《ぬ》け出してきちゃった」と言って、その場で消えた。

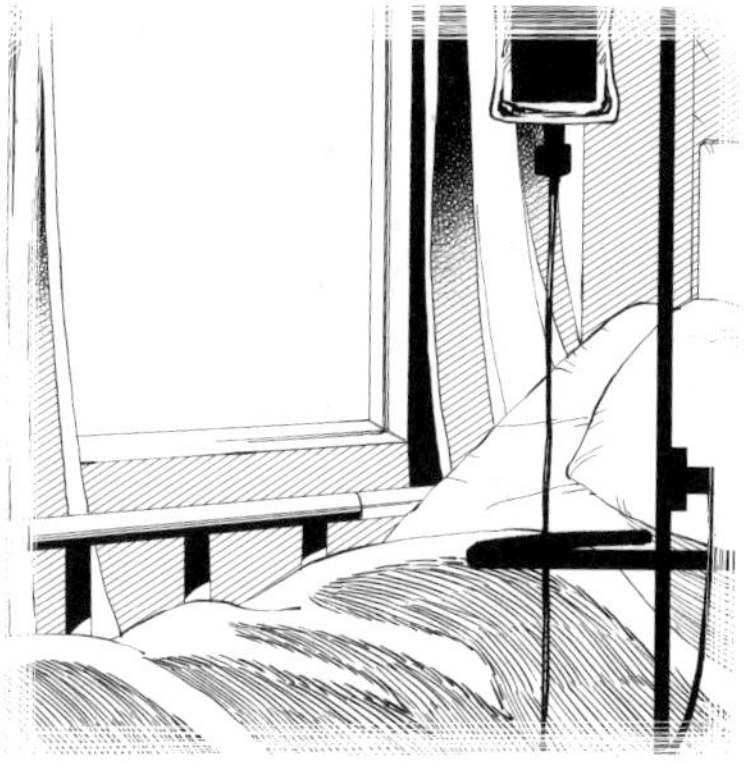

「抜け出してきちゃった」というのは、
病院ではなく、自分の体。
要するに、幽体離脱《ゆうたいりだつ》をしていたというわけ。
こんなにも自由に幽体離脱ができるのであれば、一度経験してみたいものだ。

STORY 009

恋《こい》バナ

一人暮らしの七海《ななみ》の家に集まって女子会。

女が三人集まれば、かしましい。

さらに大人数になれば、大抵《たいてい》、恋バナで盛り上がる。

「七海、彼氏《かれし》いるでしょ?」

「いないよ?」

「嘘《うそ》ぉ。トイレの便座が上がっていたし。この部屋から男が出ていくのを見たことあるわよ」

「実は、ここで男の人が自殺してるの」

怪談《かいだん》話で盛り上がったのは言うまでもない。

果たして幽霊《ゆうれい》が便座をわざわざ上げるものなのか？
ましてや、玄関から堂々と出ていくであろうか？
怪談話で盛り上がるよりも先に、この部屋に侵入者《しんにゅうしゃ》がいたことを疑うべきだ。

STORY 010

井戸から伸びる手

私の通う学校には井戸がある。

呪《のろ》われているらしく、毎夜毎夜、その井戸から手が出てきて「助けて」と悲しい声がするそうだ。

学校の七不思議なんて、正直信じない人のほうが多い。そうなれば当然、肝試しのネタになる。友人たちと一人ずつ、井戸へ向かう。

「タスケテ……」

本当に声がした。井戸を覗《のぞ》き込《こ》もうとしたら、白い手が出てきた。

悲鳴を上げて手を振《ふ》り払《はら》い、仲間のもとへと走った。

「ほ、本当に出たー！」

先に肝試しを終えていた皆《みな》が、「幽霊《ゆうれい》なんていねーよ」と笑うが、ふと真顔になった。

「お前の前に井戸に行った良江《よしえ》はどこにいった？」

井戸から聞こえてきた声も、白い手も先に肝試しに行った良江のもの。
足を滑《すべ》らせたか何かで井戸の中に落ちた良江が必死に助けを求めていたのだが、呪われた井戸という先入観から冷静な判断ができず、幽霊だと思って振り払ってしまった。
肝試しは、心霊体験よりも、事故や怪我《けが》といった危険度のほうが高い。

STORY 011

じゃんけんの特訓

私はじゃんけんに弱い。

小学校のとき、じゃんけんによって席替《せきが》えをすることになったときはまさかの全敗。

サ○エさんじゃんけんや、朝の情報番組のめざ○しじゃんけんにも一度も勝ったことがない。

悔《くや》しいから、毎日鏡の前でじゃんけんの特訓をしているんだけど、それだと勝てるんだよね。

なのにいざ勝負ってときには負けちゃう。

本番に弱いタイプなのかも。

鏡に映る自分の姿は左右反対に映るだけで、他はすべて同じ。
じゃんけんの特訓を鏡でしても、常に「あいこ」になるはず。
それなのに、鏡に映る自分に勝つだなんて……
毎日見ている鏡。
そこに映っているのは本当にあなたですか？

STORY 012

不運な姉

姉は、突発性の頭痛を持っている。

そのお陰《かげ》で、たまに電車やバスに乗り遅《おく》れる。

大事な試験やプレゼンがあるときなんかにそれが起こると、災難でしかない。

悪霊《あくりょう》にでも憑《つ》かれているのかもと、社員旅行で海外へ行く前に霊能者の元へ行った。

悪霊は憑いていないというが、「念のために御祓《おはら》いしてください」と言い、御祓いをしてもらった。

社員旅行で姉たちの乗った飛行機が墜落《ついらく》したのはなぜだろう。

突発性の頭痛は危険を察知していたのだろう。
今までは、電車やバスに乗り遅れたお陰で事故を回避してきたのだが、悪霊がとり憑いていないのにもかかわらず、御祓いをしたせいで、危険察知能力どころか守護霊まで取り払《はら》われてしまい、最悪の事態を回避することができなかった。
殺菌、消毒しすぎで免疫《めんえき》力が低下するように、何でも取り払えばいいというものでもない。

第2章

殺

MURDER

STORY 013

プロファイリング

連日報道される幼女の誘拐《ゆうかい》。

手がかりがなく捜査《そうさ》は難航している。

「もうとっくに殺されてるのに、警察もご苦労なこって」

一緒にテレビを見ていた兄が言った。

「でたぁ！　うんちく大好きな兄ちゃんの、なんちゃってプロファイリング！」

茶化しているときに気がついた。

兄の手が土で汚《よご》れていることに……

こいつ……まさか……

「おめぇ、アレを掘《ほ》り起こしたんかぁ！」

私は兄に向かって怒鳴った。

幼女誘拐事件の報道を見て、「殺されている」と断言する兄の手が、土で汚れていることに気がついたとたん、語り手が豹変《ひょうへん》したのはなぜか。
人はやましい気持ちがあると、些細《ささい》なことで怯《おび》えたり、逆上したりするもの。
兄の手が土で汚れていたとしても、庭の手入れや畑仕事をしたと思うのが普通であるにもかかわらず、カッとなった語り手の言動から導き出されるのは、兄が自分にとって不都合な何かを掘り出してしまったと勘違《かんちが》いしたということ。
すなわち、語り手が幼女誘拐した後、殺して遺体を埋めたということである。

STORY 014

痴話《ちわ》げんか

先日、女と二人で居る所を目撃《もくげき》され、俺《おれ》は彼女《かのじょ》と口論中。

「さっさと話してよ」

「浮気《うわき》じゃねぇって言ってるだろ」

苛々《いらいら》して思わず語気が荒《あら》くなると、気の強い彼女も顔を真っ赤にする。

「話してっ」

「だから！　説明しただろ？」

俺が浮気したと認めさせたいのか、とうとう泣き落としまでしやがる。

涙目《なみだめ》になって、「もう……はな……し、て」だなんて。

浮気はしてねーっつーの。

泣き疲《つか》れたのか、今度は白目を剝《む》いて寝出す彼女。

「人が話をしている最中に失礼な奴《やつ》だ」

気持ちを落ち着かせ彼女を寝かせると、彼女の首にはクッキリと俺の手形がついていた。

彼女が必死に「はなして」と訴《うった》えていたのは、「浮気したことを話して」ということではなく、「首を絞《し》めている手をはなして」というもの。
しかし、浮気を疑われた男は、頭に血が上っていたため、そのことに気がつかず、最悪な結末を迎えてしまった。
カッとなり殺人に発展する事件がリアルにある昨今。
まずは一呼吸置く余裕《よゆう》が必要なのかもしれません。

STORY 015

愛《いと》おしい彼女《かのじょ》

愛する彼女を手に入れた。

ただ、強引に迫《せま》りすぎたのか少々ご立腹。

口も聞いてくれなきゃ、ふて寝《ね》ばっかしてる。

別に、俺《おれ》は傍《そば》にいてくれるだけで幸せだからいいんだけど、せめて、家に遊びに来た友人くらいには挨拶《あいさつ》をしてほしい。

「すまんな。我儘《わがまま》な彼女で……」

苦笑する俺に向かって、「おい……」と声を震《ふる》わせる友人は、彼女を見て青ざめ、どこかに電話した。

パトカーの音が聞こえる。

どこかで事件でもあったのか？

無反応な彼女は、強引に語り手の彼女にさせられたせいで不貞腐《ふてくさ》れているわけでも、怒っているわけでもなく、すでに死んでいる。
彼《かれ》が一体、どんな強引な手を使って彼女を手に入れたのか、考えるだけでも恐《おそ》ろしい。
人の心は無理やりには手に入らないもの。
彼は体だけを手に入れて満足しているのだろうか。

STORY 016

座敷童《ざしきわらし》

我が家には座敷童がいたが、消えたと同時に宝くじが当選し、裕福《ゆうふく》になった。

ある日、母の膨《ふく》れ上がった腹が急にペタンコになった。

その日から赤子の泣き声がどこからともなく聞こえるようになった。

数年経ち、小さな子どもが家の中にいた。

あぁ。

あのときの赤子の声は「座敷童」で、成長して、また家を守ってくれているんだと思った。

その子が消えると、また大金が入ってきた。

こうやって、何度でも我が家には大金が舞《ま》い込《こ》んでくる。

本当に、座敷童様様だ。

母の膨れ上がった腹が急にペタンコになったとたんに現れる「座敷童」は、母が産んだ子ども。
「座敷童」が消えると大金が入るということは、母は産んだ子どもに対し、保険をかけ、ある程度まで育てた後に、事故か病気にみせかけて殺しているということ。
金の亡者《もうじゃ》もここまでくると「人でなし」としか言いようがない。

STORY 017

悪戯《いたずら》な家族

僕の姉は悪戯好きで、よく死んだフリをしては、僕が驚《おどろ》く姿を見て爆笑《ばくしょう》する。

今日は背中に包丁を突き刺《さ》した格好で寝《ね》ている。

驚く真似《まね》をしたが、爆睡《ばくすい》してるのかピクリとも動かない。

しかも、母親まで姉の真似をして、お腹に刺し傷の特殊《とくしゅ》メイクをして、仰向《あおむ》けに寝転がっている。

まったく。

ハロウィンのときに買っていたゾンビメイクセットをこんなことに使うなっつーの。

呆《あき》れたように溜息《ためいき》を吐《つ》くと、部屋の奥で物音がした。

あれ？

今日は父さんの帰り早いな。

イソップ寓話《ぐうわ》の「オオカミ少年」のように、日頃の行いのせいで、殺害されたことすら悪戯だと判断される姉と、姉と一緒になって死んだフリをしていると思われている母親。
部屋の奥で物音がしているところから、二人を殺害した犯人がいまだ家の中で物色しており、語り手の身にも危険が迫《せま》っている。
悪戯好きのあなた。
度が過ぎると、自分はもちろんのこと、周りにも迷惑《めいわく》がかかることをお忘れなく。

STORY 018

水難事故

海で泳いでいる最中、何者かに強く足を引っ張られた。
一瞬《いっしゅん》慌《あわ》てたが、水中で足元を見ると、まとわりつく大量のワカメ。
手で引き剝《は》がし足で蹴《け》って上昇《じょうしょう》するが、やけに硬《かた》い感触《かんしょく》だったのが気になる。
夕方。
水難事故のニュース。
亡《な》くなった人の頭には蹴られた痕《あと》があったようだ。
まさか……ねぇ？

海で泳いでいる最中に足を引っ張ったのは、悪戯《いたずら》なのか、溺《おぼ》れて助けを求めていたのかは分からないが人であることは間《ま》違《ちが》いない。
上から見ると、足に絡《から》まっている長い髪《かみ》の毛がワカメのように見えたのだろう。
水難事故の闇《やみ》は深い。

STORY 019

痛みを訴《うった》える女

「痛い……痛い……どうしよう」

夜、近道の公園を横切ると、女性がうずくまって泣いていた。

お腹でも痛いのだろうか?

「どうしました?」

声をかけると「助けて」と濡《ぬ》れた顔を上げた。

俺《おれ》はビビッて逃げた。

だって彼女《かのじょ》、返り血を浴びていたんだから。

恐怖《きょうふ》でしかねぇだろ。

返り血を浴びていることから、彼女が助けを求めているのは、怪我《けが》をしたからではなく、「遺体の処理」のほう。
道端で助けを求めている人は無視しづらいけれど、相手にはくれぐれもご用心を。

STORY 020

格安物件

今住んでいるアパートは、家賃は安いが、通学に不便。

「ねぇ、駅前で家賃安くて新しい物件ないかな?」

立地が良くて家賃も安いマンションに住んでいる友人に聞いてみた。

「あるわけないじゃん」

「ですよねー!」

軽く否定されたけれど、すぐに彼女《かのじょ》は考える素振《そぶ》りをした。

「一ヶ月もしたらあるかもよ」

「そんなわけないじゃん」

そんな会話をしていた翌日、駅前の新築アパートの一室で殺人事件が起きた。

「あそこ。事故物件として安くなるね」

友人が不気味に笑った。

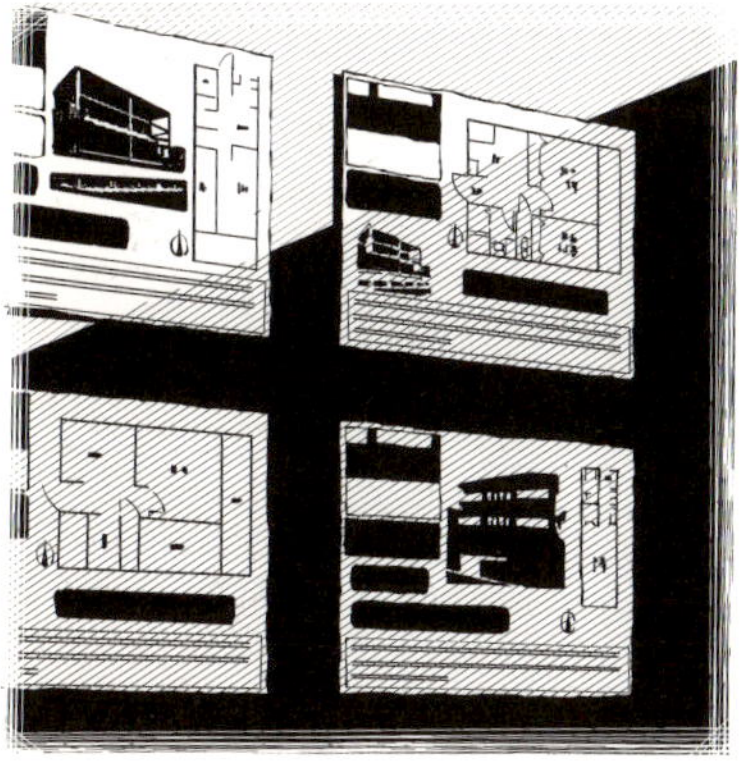

駅前、新築、家賃が安い。

そんな都合の良い物件がないかと友人に相談した翌日に起きた、駅前の新築アパートでの殺人事件。

言動から察するに、事故物件を作るために殺人を犯したのだろう。

友人自身も立地が良くて家賃が安い部屋に住んでいるところをみると、犯行は何度か行われているのかもしれない。

世間には好んで事故物件に住む人もいるようだが、事故物件を故意に作ることは犯罪です。

STORY 021

土砂崩《どしゃくず》れ

大雨の日の夜中。

山道を慎重《しんちょう》に運転するが、この先で土砂崩れがあったとラジオで流れた瞬間《しゅんかん》、大きな石か岩かに乗り上げてしまった。

どうやら例の土砂崩れの一部みたいだ。

エンジンを吹かしてバックし、再び来た道を戻《もど》った。

翌日。

そこで轢《ひ》き逃げ事件の遺体が発見されたそうだ。

車が乗り上げたのは、大きな石でも岩でもなく、人間。
ただでさえ夜中で視界が悪い上に大雨で周囲の状況が分からないだけでなく、土砂崩れまで起きていたら、倒れている人に気がつかないのも無理はないのかもしれないが……。故意ではないにしろ、轢き逃げには変わりはない。
車を運転するときには細心の注意を払いたいものです。

STORY 022

宴会《えんかい》の余興

会社の宴会で、うちの部署が余興をやらなくてはいけなくなった。

どうせなら、皆《みな》がびっくりするようなことをしようという話になり、マジックショーでよくやる、「人体切断」をすることにした。

誰《だれ》がやるのかという話になったとき、お調子者の梶浦《かじうら》君が立候補したので、俺《おれ》は電動ノコギリを手配した。

「さぁ！　種も仕《し》掛《か》けもありません。我が部署のエース、梶浦君が、今宵《こよい》は真っ二つに――」

電動ノコギリの音と、派手なパフォーマンスに皆が興奮し、絶叫《ぜっきょう》した。

やっぱり、マジックには種も仕掛けも大事なようだ。

種も仕掛けもないので、マジックショーではなく、スプラッターショーになってしまった。
目の前で人間が切断されたら、誰だって大騒《おおさわ》ぎし悲鳴を上げるに決まっている。
びっくりするどころの騒ぎではない。

STORY 023

白骨死体

テレビで児童虐待《ぎゃくたい》のニュースが流れた。
シングルマザーが三人の幼子を二週間以上放置して恋人《こいびと》と暮らしていたそうだ。
保護された長男の健康状態には別に問題はないが、赤子は白骨死体で発見された。
食料があっても乳飲み子は食えないしな……あれ？
死体って二週間で白骨になるの？

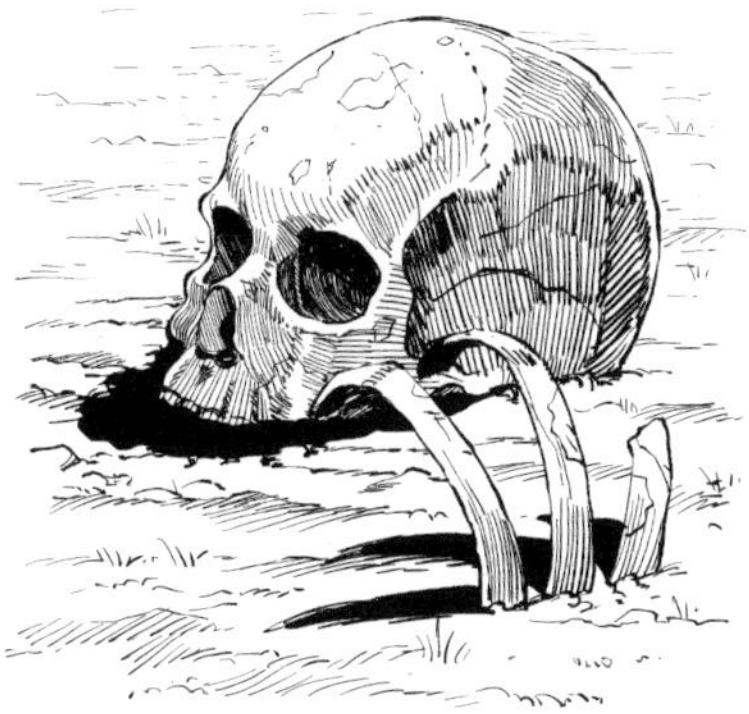

二週間以上も放置され、保護された長男が栄養失調でないことと、赤子が白骨化しているという点から、長男が赤子を食べたと考えられる。
それよりも奇妙なのは、幼子は三人いたはずなのに、保護された長男と赤子の死体しか見つかっていないということ。
残り一人は一体……？

STORY 024

だらしない彼女《かのじょ》

俺《おれ》の彼女はだらしがない。

服は脱ぎっぱなし。食器は片づけない。下手したら風呂にも入らない日もある。

だから俺は毎日、一人暮らしの彼女の部屋へ行く。まるで、家政夫だ。

あれ?

とうとう鍵《かぎ》までかけ忘れているじゃないか。

中に入ると床で爆睡《ばくすい》している彼女。

昨日は真っ白な服だったけど、今日は赤い服。

一応、着替《きが》えだけはしたらしい。

うわ。包丁は使いっぱなしだし、あちこち濡《ぬ》れている。

ったく。掃除《そうじ》と洗い物から始めなきゃいけないじゃないか。

人に家事をやらせといて爆睡だとか。呑気《のんき》なもんだよ。俺の彼女は。

彼女は部屋で殺害されていた。
けれど、それに気がつくどころか、部屋の内部が荒《あ》らされ、彼女が床に倒れていても、「だらしがない」の一言で片づけてしまったのは、日頃の生活態度のせいなのだろう。
一人暮らしのあなた。
最低限の片づけくらいはしておきましょうね。

STORY 025

目撃者《もくげきしゃ》

昨夜起きた殺人事件。

凶器《きょうき》は残されているものの、犯人のものと思われる指紋《しもん》も足跡《あしあと》も何も見つからなかった。

だが、現場には目撃者がいた。

けれど、彼女《かのじょ》は後天性の全盲《ぜんもう》。

これじゃぁ、目撃者とは言えないが、耳は聞こえている。

刑事は彼女に犯人の声の特徴や何か話していなかったのかを聞いた。

「そうですねぇ……分かることと言えば、男性ということと……スーツを着た普通のサラリーマンといった感じだったことですかねぇ」

刑事はメモを取りながら、彼女も事件の関係者だと理解した。

目撃者は、犯人の特徴を、臭《にお》いや声、現場での音ではなく、スーツを着た普通のサラリーマンといった見た目で話しているので、全盲というのは嘘《うそ》。
後天性の全盲という診断書まで捏造《ねつぞう》するということは、かなり前から殺人計画を練っていたと思われる。
そこまでして殺したいと思うほどの憎《にく》しみのエネルギーを別の何かに向けていれば、もっと幸せになれただろうに……と思うのは、私だけではないだろう。

STORY 026

嫉妬《しっと》深い女

会社帰り。

彼《かれ》に早く会いたくて帰路を急ぐ。

自分の出せるスピードの限界で走っていると、彼の背中を発見した。

「亮《りょう》君っ！」

嬉《うれ》しさのあまり思わず声を漏《も》らすが、離れた場所にいる彼に、私の声は届かない。

彼の隣《となり》を見ると、綺《き》麗《れい》な女性が楽しそうに笑っていた。

「え？　浮気《うわき》？」

カッとなった私は、くっつきすぎる二人の距離を広げようと、思いっ切り二人の間に突っ込《こ》んだ。

テレビのコントのように飛び上がって倒れるほど驚《おどろ》く二人を、大袈裟《おおげさ》すぎだと苦笑した。

「ねえ。二人して何なの？　浮気の弁解くらいしなさいよ」

車から降りると、寝《ね》転《ころ》んだままピクリとも動かない二人に文句を言った。

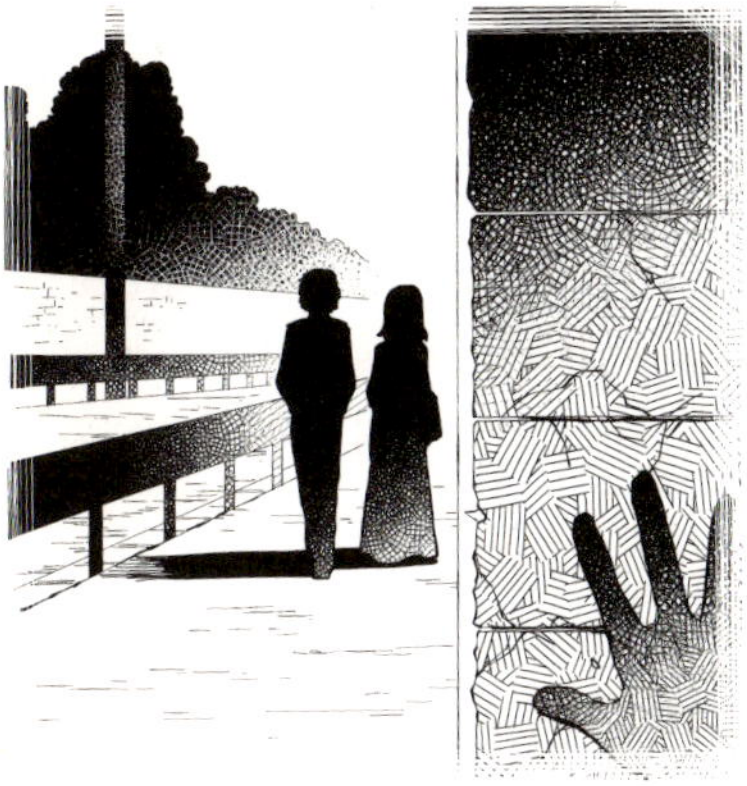

彼氏が綺麗な女性と歩いているところを発見した彼女《かのじょ》は、二人の間に、自分が乗っている車ごと突っ込んだ。
驚きのあまり飛び上がって倒れたのではなく、衝突《しょうとつ》した衝撃《しょうげき》で吹っ飛んで倒れたのだ。
ピクリとも動かないところから察するに即死《そくし》だろう。
彼氏が浮気ではなく、得意先の女性、もしくは同僚《どうりょう》と話しているだけだとしたら……。嫉妬というのは、冷静な判断ができなくなるから恐《おそ》ろしい。

STORY 027

夜間練習

夜のグランドでバットを握《にぎ》る俺《おれ》は、自分の番を待っている。

「本当に俺にできるのか?」

小刻《こきざ》みに震《ふる》え出す俺。だいたい、俺はこういうことが苦手なんだ。

「さ、お前の番だぜ?」

「お前は打ってきたのか?」

「ああ。スコーンッと一発、どでかいのをかましてきた」

白い歯を見せる彼《かれ》の目は、有無を言わさず、さっさと行けと訴《うった》えていた。

嫌々《いやいや》だが、仕方なくバッターボックスに立つ。

あぁ、どうしよう。

けれど、もうここまで来たら引き返せない。

こいつらのチームに入ったのが運の尽《つ》きだ。

俺は血まみれで横たわる男に向けてバットを振《ふ》り下ろした。

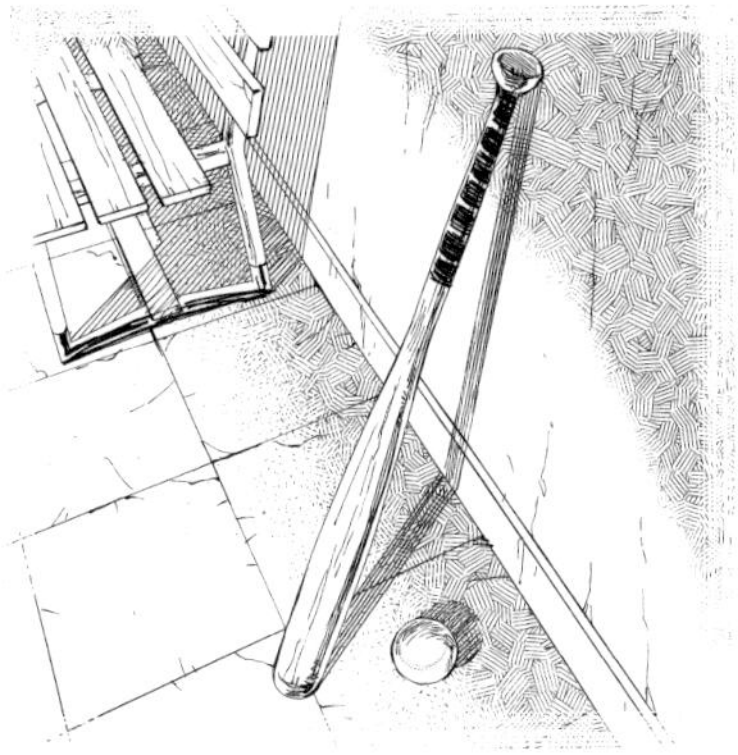

バットで打っているのは、野球の球ではなく人間。
チームというのは、野球チームではなく、暴走族や不良といったグループのこと。
集団の中では強い者の指示に従い、仲間と同じ行動をとらないと、自分が排除《はいじょ》されるという強迫《きょうはく》観念から、駄目《だめ》だと思う行為《こうい》であってもやってしまう。
仲間を選べとまでは言わないが、最低限の道徳的な感覚だけは失わないでほしい。

STORY 028

彼女《かのじょ》は僕《ぼく》のすべて

彼女を愛し、彼女のために地位も名誉も手に入れた。

高層マンションの最上階だって彼女のために買った。

なのに、僕たち二人の部屋に案内した直後、彼女の口から吐《は》き出されたのは「別れ」の言葉。

頭が真っ白になった僕は身を投げた。

窓の外へと落ちていく彼女と一瞬《いっしゅん》だけ目が合った。

驚《おどろ》いた顔が印象的だ。

投げたのは、自分の身ではなく、彼女の
体。
彼女を愛しすぎ、彼女のために何もかも
頑張《がんば》ってきた彼《かれ》にとって、別れの言葉は
ショックを受ける以上にカッとなるのも
無理はない。
相手から異常なほど愛されているあなた。
別れ話は時と場所を選んでね。

STORY 029

恋《こい》と友情が散る瞬間《しゅんかん》

俺《おれ》には物心ついたときから決められた許嫁《いいなずけ》がいる。

ものすごく可愛《かわい》くて優しい彼女《かのじょ》のことをいつの間にか好きになっていた。

許嫁という話を抜きにして、彼女と結婚《けっこん》したいと思っていたのだが、彼女は違《ちが》った。

彼女は、俺の親友と陰《かげ》で付き合っていた。

二人が駆《か》け落ちをしようとして、駅のホームにいるところを俺は見つけた。

「そんなに彼《かれ》のことが好きなの？」

涙《なみだ》を流してうなずく彼女と「絶対に幸せにするから」という親友。

どうやら本気らしい。潔《いさぎよ》く自分の恋も友情も諦《あきら》めるしかないようだ。

「分かった。さっさといけよ」

二人の背中を強く押した。大きな悲鳴と劈《つんざ》くようなブレーキ音が鳴り響《ひび》いた。

愛した婚約者と信頼していた親友の二人に裏切られた語り手は、文字どおり二人の背中を押して、ホームから突き落とした。
可愛さ余って憎《にく》さ百倍。
大切に想う相手だからこそ、許せない嘘《うそ》や裏切りがあることをお忘れなく。

STORY 030

危機管理能力

一人暮らしの女性であっても、平穏《へいおん》な生活を送っているとだらしなくなる。

近所のコンビニに行くぐらいなら……と鍵《かぎ》をかけ忘れたり、窓を開けっぱなしにしていたり。もう少し気をつけるべきだ。

真っ暗な部屋でテレビを点けると、一人暮らしの女性を狙《ねら》った強盗殺人のニュースが流れた。

犯人の手がかりはいまだないらしい。

「皆《みな》、危機管理能力がなさすぎ」

そうつぶやいたとき、玄関の扉《とびら》が開いた。

「はぁ。コンビニに行く程度だと、玄関開けっぱなしでも平気な女が多すぎなんだよなあ」

俺《おれ》は呆《あき》れたようにつぶやいてテレビを消して、仕事に取り掛《か》かった。

語り手が強盗殺人犯。
とはいえ、被害者《ひがいしゃ》も対策《たいさく》すべき。
セキュリティ対策もせず、近くだからといって鍵をかけない。
ゴミ捨てぐらいなら……という気の緩《ゆる》みから空き巣に入られるケースはよくある。
「自分は強盗や痴漢《ちかん》なんかに遭《あ》わないから大丈夫」
そんな不確かな自信は持つべきではない。

STORY 031

熱血教師

教師になり早五年。今年は担任を受け持つだけでなく、進路指導も任されることになって、責任重大だ。

全員の希望を叶《かな》えてやりたい。

俺《おれ》はまず、芸能事務所に所属している秋本《あきもと》の夢を叶えてやった。

「テレビに出て有名になりたい」

彼女《かのじょ》の進路調査の紙にはそう書いてあった。

まだ端役《はやく》しか貰《もら》えない彼女の名を全国に広めてやった。

連日ニュースで映し出される秋本の顔写真と名前を見て、俺は満足気にうなずいた。

「次は誰のを叶えてやろうかな」

進路希望調査の紙を眺《なが》めて俺はつぶやいた。

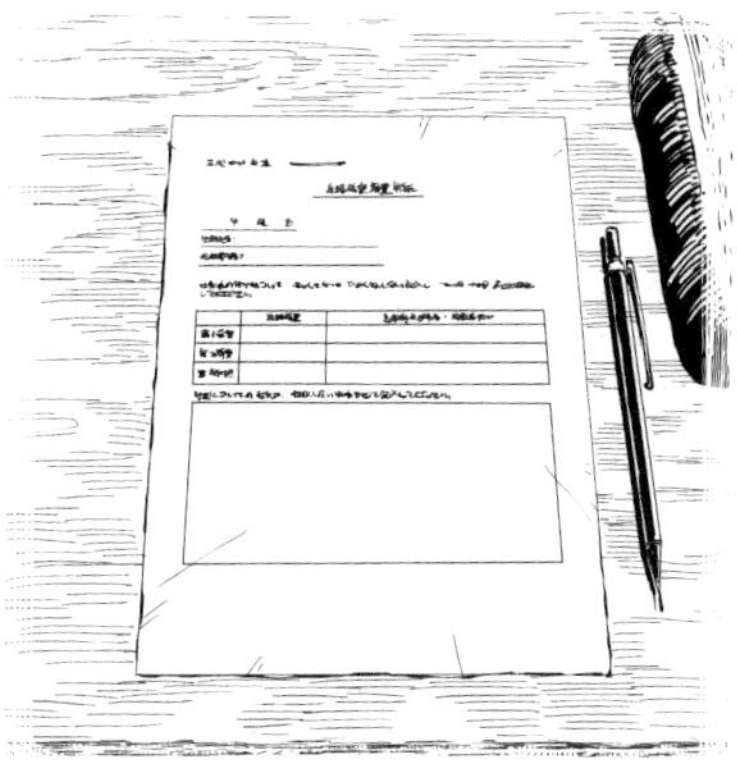

先生は、テレビに出て有名になりたいという秋本の夢を、彼女を殺害することで叶えてあげた。
確かに、彼女の名前はテレビや新聞に大きく取り沙汰《ざた》され、全国区で有名になったのだが、彼女の本当の願いとはかけ離れた結果になっている。
生徒の進路希望を叶えたいのなら、まずは生徒の気持ちになって考えていただきたい。

STORY 032

浮気《うわき》の理由

私と旦那《だんな》の間にできた息子は生まれつき心臓が弱い。

手術をしなければ二十歳まで生きられないと言われ、私は息子に付きっきりになった。

そのせいか、旦那は浮気に走った。

私と息子の気持ちも知らずに快楽に走った彼《かれ》も、浮気相手のことも恨《うら》んだ。

しかも、浮気相手との間に子どもまで作った。

本気で許せなくて泣き喚《わめ》いた私に彼は言った。

「大丈夫。あいつとは別れるし、子どもは俺《おれ》のモノ。全部、俺たちの子どものためだから」

彼が何を思って不倫《ふりん》したのかを知り、愛の深さを感じた。

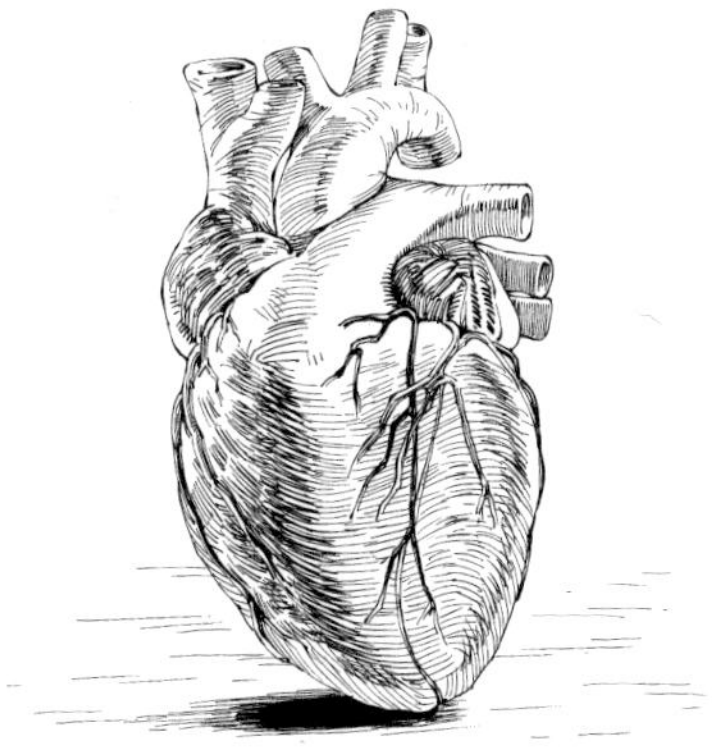

夫は浮気で快楽に走ったわけではなく、愛する妻との間にできた息子が、生まれつき心臓が弱かったので、心臓移植のために他の女性を妊娠《にんしん》させた。
親は我が子を守るためには鬼にも蛇《へび》にもなる気概《きがい》は大切ではあるが、他人を不幸にして得た幸せは長くは続かないことを念頭におくべきである。

STORY 033

ダメンズキラー

私の彼《かれ》って本当に冷たいの。

話しかけても無視するし。

キスをするのも、抱きしめるのも、いつも私のほうから。

皆《みな》はそんな奴《やつ》とはさっさと別れたほうがいいって言うんだけれど、でも、彼、何だかんだ言って、嫌《いや》がらないし。

私がいなきゃ、ただでさえ心が冷たいのに、腐《くさ》りきっちゃうと思うんだ。

こんなこと言っているから、皆からダメンズ「キラー」って言われちゃうんだけどね。

あぁ。

いけない。

彼の保存状態を見に、早く帰宅しなくっちゃ。

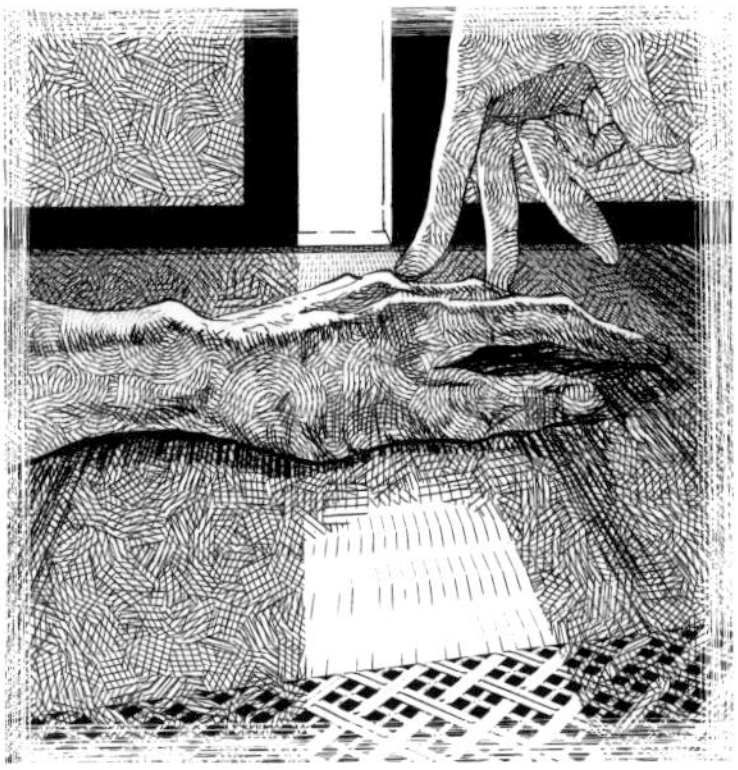

語り手は、駄目男《だめおとこ》に引っ掛かってばかりという意味ではなく、駄目男を殺してしまっている。
いや、むしろ、恋人《こいびと》は殺されてしまったから、（体温が）冷たくて、反応もなく、何のアクションも起こせないのだろう。
男性の皆さん。
くれぐれも、ダメンズキラーにはご用心を。

STORY 034

神様のお陰《かげ》

僕《ぼく》は母子家庭のせいで、学校で苛《いじ》めに遭《あ》っている
だから母に、「お前のせいだ」なんて言って怒りをぶちまけ、ストレスを発散していた。

母は抵抗《ていこう》することなく、暴力を受け入れ、弁当も作ってくれていた。

とはいえ、その弁当だって、学校の奴《やつ》らに奪《うば》われ食われているんだけどね。

でも、神様っているんだね。

俺を苛めていた奴ら。

肝機能障害やら何やらで、入院になっちまったんだ。

苛めのストレスもなくなったし、これからは心を入《い》れ替《か》えて、母に対して優しくしようと思う。

苛めのストレス発散のため息子から暴力を受けていた母親は、いつしか彼に殺意が芽生え、弁当に毎日少量の毒を混入させていた。
苛めっ子たちは、その弁当を奪って食べていたので毒が蓄積されて病気になった。
被害者《ひがいしゃ》だと思い込《こ》んでいる人が、無意識に加害者になっている場合もある。
あなたは誰《だれ》からも恨《うら》まれていない自信がありますか？

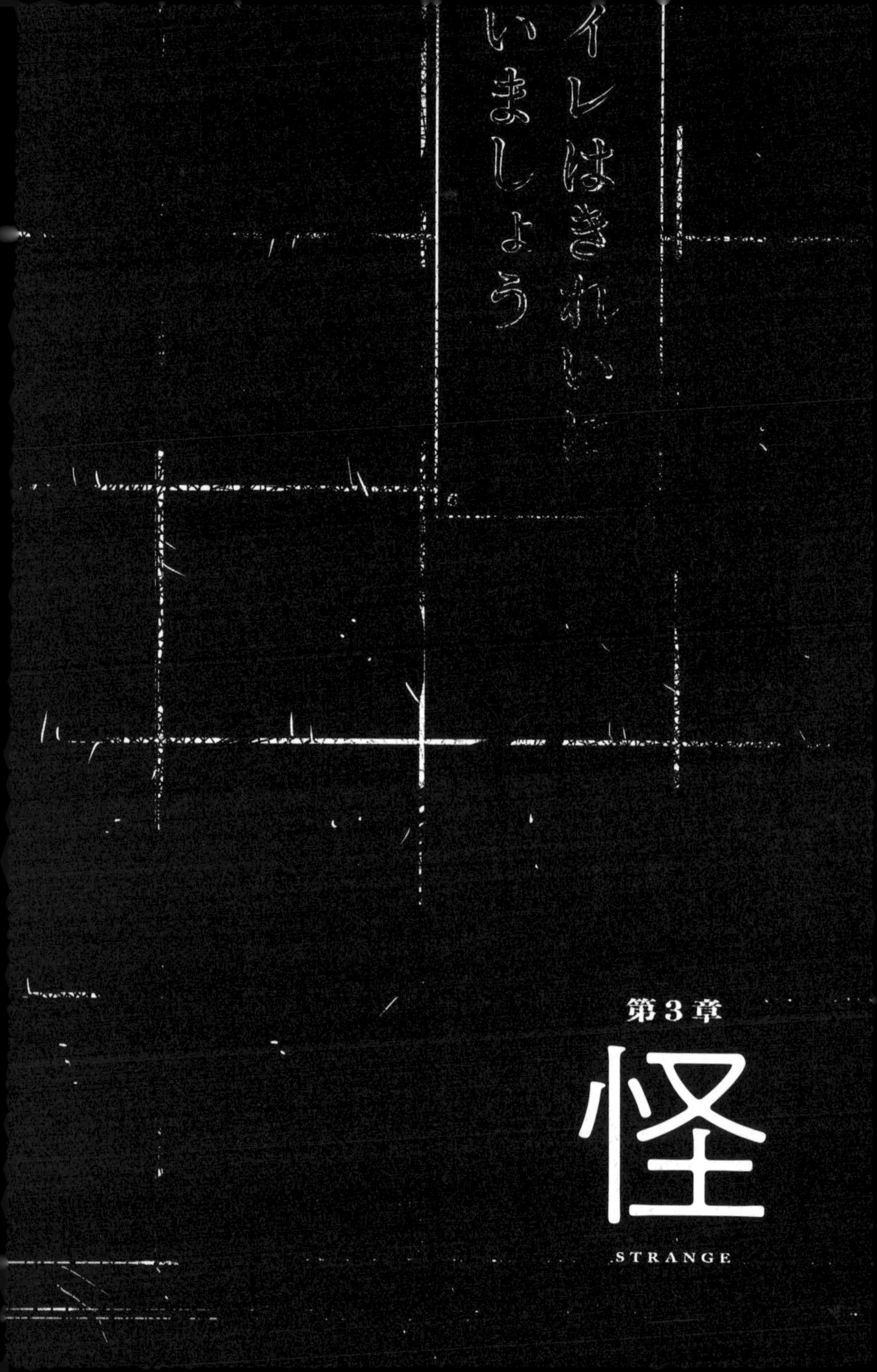

第3章

怪

STRANGE

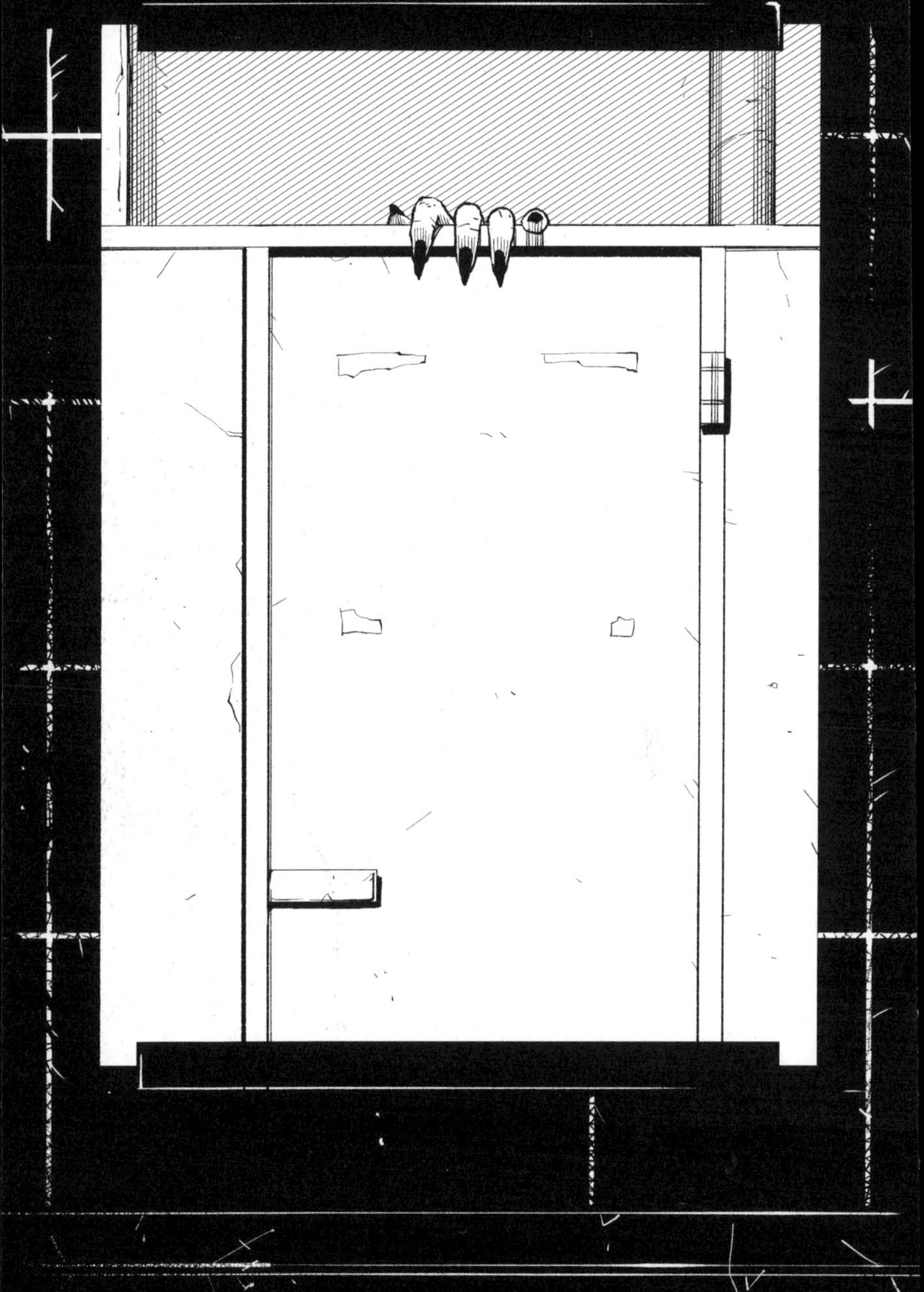

STORY 035

絶景での出会いと別れ

目の前に広がる海。

吹き上がる風。

美しい景色を眺《なが》めていると、見知らぬ女性が声をかけてきた。

「もう、いかれます?」

振《ふ》り返ると、なかなかの美女。

一人旅らしい彼女《かのじょ》が、同じく男一人旅の俺《おれ》に声をかけるということは、逆ナンかと思い、
下心満載《まんさい》で「ええ」と微笑《ほほえ》んだ。

すると女性は、「それなら私も」と言って、目の前の崖《がけ》から飛び降りた。

一瞬《いっしゅん》の出来事に唖然《あぜん》としたが……そういや、ここ。

自殺の名所でもあったわ。

女性の言った、「もう、いかれます？」
という台詞《せりふ》の意味は、「この場所から立ち去り、どこかに行きますか？」ではなく、「この崖から飛び降りて、あの世に逝《い》きますか？」というもの。
観光地の中には、実は自殺の名所として知られているところも多い。
下手に声をかけられても、返事をしないことをお勧《すす》めしたい。

STORY 036

キャンプファイヤー

文化祭最終日。
夜に予定されていたはずのキャンプファイヤーが、お昼から開始されている。
校門から、その光景を眺《なが》める。
騒《さわ》ぐ声。
踊《おど》り狂う人影。
皆《みな》、大きな声を上げて楽しんでいる。
燃え盛る校舎を見上げ、満足気に微笑《ほほえ》む。
真昼間に決行して正解だった。

「皆、燃え尽《つ》きろ」

俺は静かに立ち去った。

キャンプファイヤーでは校舎は燃えない。
踊り狂う人影とは、燃え盛る炎《ほのお》の中で逃げまどう生徒や先生たち。
すなわち、語り手が学校に放火したということ。
校舎ごと学校関係者たちを燃やしてしまいたいほどの憎《にく》しみとは一体何だったのか。
生徒が抱える闇《やみ》は深い。

STORY 037

モルモット

風邪《かぜ》をひき、医者から貰《もら》った薬を飲むが、一向に良くならない。

むしろ、熱が上がっているような気がするし、体がむくんでいるような気もする。

また病院に行かなきゃな……と、とあるサラリーマンが思っている頃、製薬会社の人間と医者は話をしていた。

「あの患者《かんじゃ》、どうでした？」

「今回の薬はイマイチだね」

「そうですか。じゃぁ次はコレを投薬してください」

薬とともに医者は分厚い封筒《ふうとう》を貰っていた。

病気にかかったら医者に診てもらい薬を出してもらう。

それでも治らないようなら、また病院へ行く。

誰《だれ》もが信頼している医者や薬に裏切られているとしたら？

新薬を開発するには、必ず治験が必要ではあるが、知らないうちに、自分が被験《ひけん》者《しゃ》にされていたとしたら、ゾッとするだけでは済まされないだろう。

STORY 038

アイドルオタク

俺《おれ》の友人はアイドルオタク。

あるとき、インスタントクライムというSNSサイトで「○○ちゃんちナゥ」という投《とう》稿《こう》をしていた。

○○ちゃんとは、もちろん、そいつの好きなアイドルの名前。

たぶん、自分の部屋を、いかにも女の子の部屋っぽく模様《もよう》替えをしてアップしただけだろう。

これで、フォロワー数を増やそうという魂胆《こんたん》がミエミエだ。

でも、これは炎上《えんじょう》するパターンだから、大丈夫かなぁと心配していたのだが、数日後、家宅侵入《しんにゅう》で逮捕《たいほ》されたというニュースが流れ、炎上どころの騒《さわ》ぎじゃなくなった。

アイドルオタクの友人がＳＮＳに投稿していたのは、憧《あこが》れのアイドルをイメージした内装に模様替えした自分の部屋ではなく、アイドルが実際に住んでいる部屋だった。
ファンの行き過ぎた行動やストーカー被《ひ》害《がい》が問題になっている昨今では、リアルにありえる話である。
もちろん、これは芸能人に限った話ではない。
ほら――見知らぬアカウントの投稿写真に、見覚えはありませんか？

STORY 039

落ちたときには……

子どもがブランコから落ちた瞬間《しゅんかん》を見た。
片足でケンケンをしている。
怪我《けが》をしているようだ。
慌《あわ》てて現場に向かうと、その子の周りには、心配して集まった友達の輪ができていた。
倒れている子どもを病院へ運ぶと全身打撲《だぼく》のうえ両足を骨折していた。
でも、この子。
さっきは片足でケンケンしていたよね？

全身打撲と両足を骨折していた子どもは
ブランコから落ちたときには片足でケン
ケンしていた。
ということは……その子の周りに集まっ
ていた子どもたちに全身を殴《なぐ》られ、足の
骨を折られたということ。
無垢《むく》だからこそ、時に残酷《ざんこく》なことをして
しまう子どもに対し、モラルを教えるの
が大人の役割なのかもしれない。

STORY 040

呪《のろ》い

数人の子どもが標識を指差して騒《さわ》いでいる。

「この絵って、飛び出して死んだ人の影らしくってさ、この絵を見て車道に飛び出すと死ぬんだって」

「うっそだー」「そんなこと言って騙《だま》す気だろ?」

「嘘《うそ》だと思うのなら、お前、飛び出してみろよ」

「やだよ」

「やーい、びびり! お前もやっぱり信じてるんじゃねーかよ」

七不思議の感覚で子どもたちが騒いでいるのかと思い、微笑《ほほえ》ましく見ていると、いきなり一人が車道へ飛び出した。

そして、運悪く走ってきた車に轢《ひ》かれてしまった。

「うわ、マジかよ」「本当に呪いじゃん」

背後で話す子どもたちの会話にゾッとした。

子どもが車に轢かれた原因は、周りの友人たちに煽《あお》られムキになり、周囲を確認もせずに車道に飛び出したせい。
事故の間接的な原因を作った子どもたちが、本当は呪いなんか信じていないくせに、罪の意識から逃《のが》れるために、「呪いのせい」にしているところが恐《おそ》ろしい。
呪いや祟《たた》りといったものの多くは、こういった人為《じんい》的なものなのかもしれない。

STORY 041

妹

妹は、いつも変な物を飲まされている。
嫌《いや》だと泣いてもママが無理やり飲ます。
かわいそうだと思い、容器の中身を同じ色のジュースに代えてあげた。
美味《おい》しく飲むようになったけど、なんでだろ？
今、妹はお花がたくさん入った箱の中で寝《ね》ている。
皆《みな》泣いている。
妹はいつ目が覚めるの？

妹が無理やり飲まされていたのは薬。

幼い子どもにとって、不味《まず》い薬を嫌々飲むのは仕方のないこと。

そのことを理解できていない兄は、よかれと思って薬とジュースを入れ替《か》えてしまった結果、妹は病気が治らず亡《な》くなってしまった。

好意や善意が仇《あだ》となることは往々にしてある。

あなたが親切心からやっている行為《こうい》。

周りに迷惑《めいわく》や危険を与えていませんか？

STORY 042

九官鳥

一人暮らしの俺《おれ》は九官鳥を飼った。

餌《えさ》と掃除《そうじ》、「おはよう」「いってきます」「ただいま」「おやすみ」だけは欠かさずにいたら、「おはよう」「いってらっしゃい」「おかえり」「おやすみ」と言うようになった。

それだけでも癒《いや》されると同僚《どうりょう》に話せば顔を真っ青にさせた。

何かおかしいか？

「いってきます」とは言っても、「いってらっしゃい」という言葉は言ったことがないのにもかかわらず、九官鳥は聞いたことのないはずの「いってらっしゃい」という返事をしている。

九官鳥が勝手に言葉を作ったのか。

それとも、別の誰《だれ》かがこの部屋に侵入《しんにゅう》し、
九官鳥に覚えさせたのか。

どちらにしても気味の悪い話である。

STORY 043

構内アナウンス

塾《じゅく》の帰り。

駅のホームに到着すると、同級生が先頭に並んでいた。

俺《おれ》は彼《かれ》の後ろに立ち、肩を叩《たた》いた。

振《ふ》り向いた彼は「お前かよ！」と言って笑顔を見せた。

お互い、学校や塾の話で盛り上がっていると、アナウンスが響《ひび》いた。

「電車が参ります〜白線の内側までお下がりください〜」

俺の目の前にいる彼は、そのアナウンスに従い、後退した。

「え？　お前何やって……」

思いもよらないことをされると、呆気《あっけ》にとられて何もできないのが人間。

俺は彼がホームへ転落するのをそのまま見届けた。

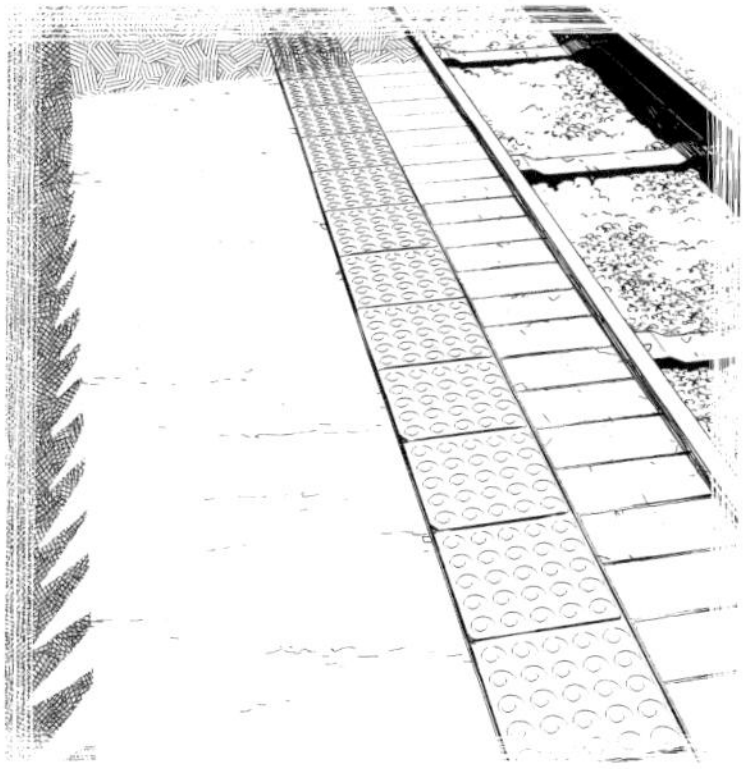

先頭に立っている同級生は、電車待ちをしている間、後ろに立つ語り手と話をするため、線路を背にしていた。
同級生はそのままの体勢で、「白線の内側までお下がりください」というアナウンスに従ってしまい、線路に落ちてしまった。
注意一秒怪我《けが》一生。
危険な場所では気を抜《ぬ》かないようにしましょう。

STORY 044

砂遊び

海辺を散歩していたら、子どもたちが五人くらい集まって、しゃがみこんでいた。

近づくと、何かゴソゴソしている。

「どうしたの？」

問いかけると彼《かれ》らは「爪《つめ》が砂に入っちゃって……」と言う。

砂遊びをしていて、爪に砂が入ったのが嫌《いや》らしい。

持っていたウェットティッシュを渡し「これで綺麗《きれい》にしなよ」と言うと彼らは首を振《ふ》った。

「違《ちが》うよ」

彼らが指差す先にはたくさんの桜貝が散らばっていた。

「綺麗だね」

手を伸ばして違《い》和《わ》感《かん》に気がついた。

彼らは何と言っていた？

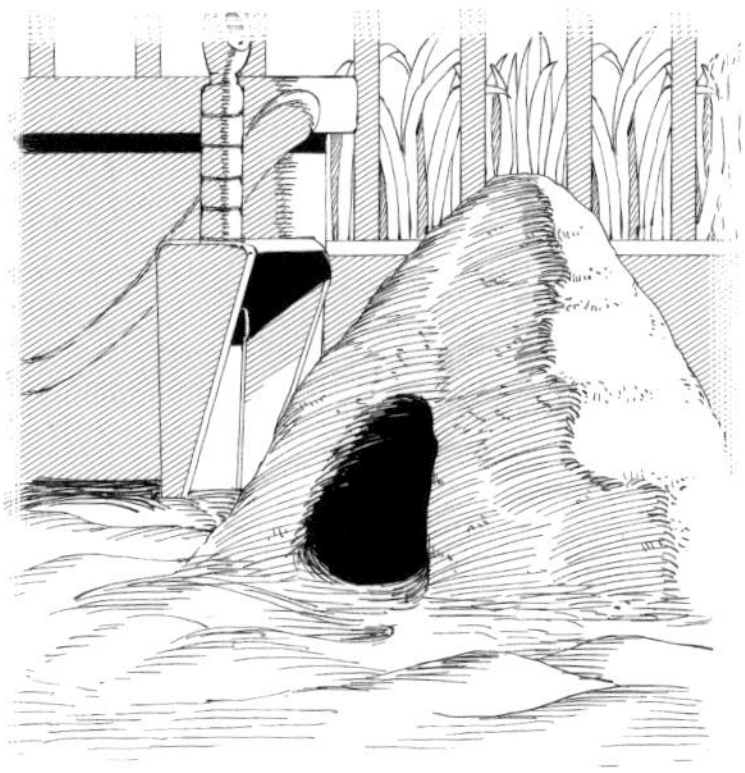

「爪に砂が」ではなく、「爪が砂に」入っている。
浜辺に打ち寄せられる桜貝は、儚《はかな》く可愛《かわい》らしいイメージがあるが、それが人間の爪だったとしたら……想像するだけで不気味だ。

STORY 045

教師の対応

高校に入学してから一ヶ月くらい経った頃から、だんだんと口数が少なくなった娘《むすめ》。心配していたら、担任の先生が家にやってきた。

「お嬢《じょう》さん、お腹や太もも……それに胸まで、たくさんの痣《あざ》が……。まさか虐待《ぎゃくたい》ではないですよね？」と写真を見せてきた。

驚《おどろ》いて「違《ちが》います！」と怒鳴ると、「では、苛《いじ》めなのかな」とつぶやいた。

まったく。

親を疑うよりも、まずは苛めを疑うほうが先でしょ？

教師って学校の保身に走るから嫌《いや》だわ。

苛め以前に、教師が女生徒の太ももや胸の写真を持っていることのほうがおかしい。
正義感溢《あふ》れる行動を取ったつもりなのか、それとも女生徒に悪戯《いたずら》をしようとした結果なのかは分からないが、自分が犯罪行《こう》為《い》をしていることに気がついていない先生の堂々とした態度にゾクリとする。

STORY 046

社長の覚悟《かくご》

不景気で会社が倒産しそうだ。

通帳を見ると、目がくらんだ。

フラついた俺《おれ》の姿を見て、秘書が慌《あわ》てて駆《か》け寄ってきた。

「社長！　あなた一人でいくつもりですか？」

声を荒《あら》らげ、俺を足元から見上げる彼《かれ》に、「もう、首を括《くく》った。こうするしかないんだ」

と叫《さけ》んだ。

俺の覚悟が分かったのか、項垂《うなだ》れる彼を見下ろし、小さくつぶやいた。

「ちゃんと足が着かないようにしたから」

俺は、会社を救うために大事な書類を手にしたまま、最期の頼みの綱にぶら下がった。

ロープで首を括り、床に足が着かないようスタンバイした社長と秘書とのやりとり。
負債《ふさい》を抱えた社長は、免責期間後の生命保険で会社と従業員を救おうとして自殺した。
切なくも悲しい話である。

STORY 047

入れ替《か》わり

俺《おれ》と彼女《かのじょ》の魂《たましい》が入れ替わってしまった。

問題なのは、俺が海外に引《ひ》っ越《こ》すってこと。

「こんな秘密を持ったら、他に付き合える奴《やつ》なんていないし。お前しかいない！　帰ってきたら絶対に、お前の元に行くから、待ってて！」


二年後。ようやく俺は日本に戻《もど》ってきた。

そして、彼女の元に駆《か》けつけた。

「あ、帰ってきたの？　ごめんなさい……」

俺の姿をした彼女の隣《となり》にはイケメンが……お前、まさか？

「私、このままで大丈夫だから。むしろ、このまんまがいい」

女心と秋の空だ。俺の心も体も返してくれ。

中身が入れ替わった彼《かれ》と彼女。
見た目は男性でも中身は女性という状態の彼女を、まるごと愛してくれる男性が現れてしまったら、何年も会えない彼より、身近で愛してくれる人を選んでしまうのも無理はない。
彼のように環境や境遇《きょうぐう》を嘆《なげ》くよりも、彼女のように現状を受け入れ、その中で幸せに暮らすことを考えるほうが幸せになれる秘訣《ひけつ》かもしれません。

STORY 048

ドライブの怪《かい》

仲良しメンバーで、SNSで有名な絶景スポットに向かい車を走らせる。

山の奥へ奥へと進むほどに、狭《せま》くなっていく道。

「この道で大丈夫?」

「迷ってない?」

不安げな声を上げるが「何台も対向車が通ってるんだし。きっと大丈夫」と、言い出しっぺの子が言う。

確かにそうだなと思っていたが、急にブレーキが踏《ふ》まれた。

「この奥、行き止まりだ」

狭い道ではUターンすることもできない。

「どうすんだよコレ。完璧《かんぺき》道に迷ったんじゃない?」

「それよりも、このままバックで大きな道まで戻《もど》らなきゃいけないわけ?」

肝心なことに気がつくのは、その後だいぶ経ってからのことだった。

行き止まりの狭い道。
バックしなければ大きな通りに戻れないのに、なぜ、対向車が何台もいたのだろうか？
むしろ、Uターンできないほど狭い道では対向車とすれ違うことすらできないと思うのだが……自分たちが気がついていないだけで、皆《みな》、怪奇現象に遭遇《そうぐう》しているのかもしれない。

STORY 049

躾《しつけ》のなっていない子ども

私はデパートに勤務しているが、最近の子どもは躾がなっていない。

売り物の玩具《おもちゃ》の箱を開けて遊んだり、走り回ったり。

さっきなんて、迷子《まいご》の親をアナウンスで呼び出したら、「触《さわ》んなっ」「誰《だれ》だよテメェ」とか言って大暴れ。

ご両親は「いつもこうなんです」と抱えて連れていったけど、実の親ですら手こずるってどうなの？

数分後「先程《さきほど》アナウンスで呼ばれた○○の母ですが」という人が現れ、騒然《そうぜん》となった。

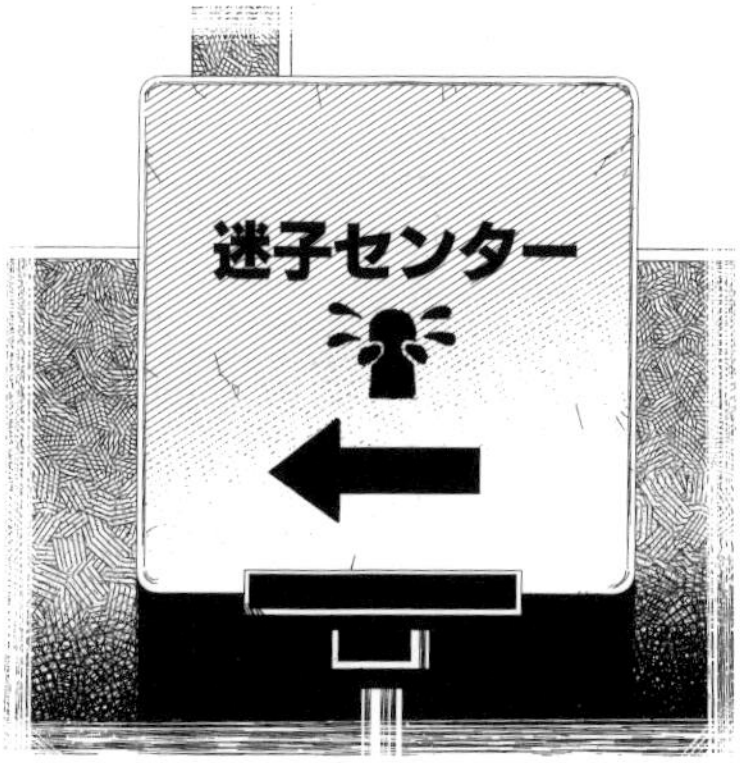

迷子アナウンスを聞いて、最初に子どもを引き取りにきた両親は、迷子の本当の親ではなかった。
「誰だよテメェ」と言って暴れたのも、見知らぬ人間が自分を連れていこうとすることに抵抗《ていこう》していたからなのだが、もともと躾がなっておらず、乱暴な行為《こうい》をしていたので、迷子係の人も、駄々《だだ》をこねているだけだと思い、引き渡してしまった。
周囲に迷惑《めいわく》をかけるからではなく、我が子を不幸にしないために、躾というのは大事なのでしょう。

第4章

恐

FEAR

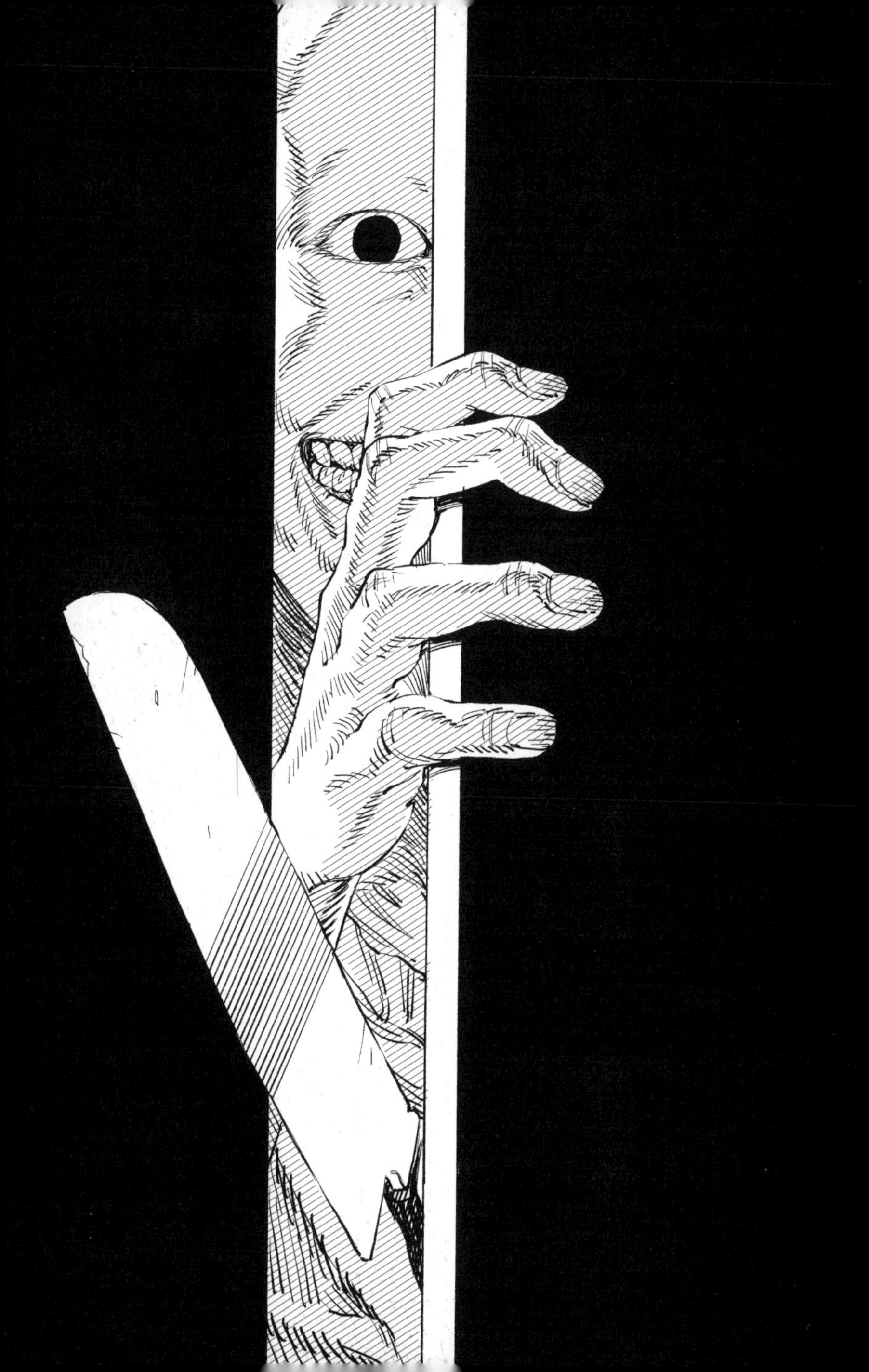

STORY 050

我が子の寝顔《ねがお》

人間、熟睡《じゅくすい》してるときは、眼球が上転《じょうてん》して黒目が上を向いてるんだってな。
それを聞いて俺《おれ》、安心したよ。
だってよぉ、自分の子どもが白目剝《む》いて寝ているのって気持ちわりぃだろ？
でも、それが「普通」だと分かったんだ。
マジで、ホッとしたよ。
ただ、コイツ、おかしいんだよなぁ。
いくら声かけても、揺《ゆ》さぶっても、もう何日も起きねぇの。
なんでだと思う？

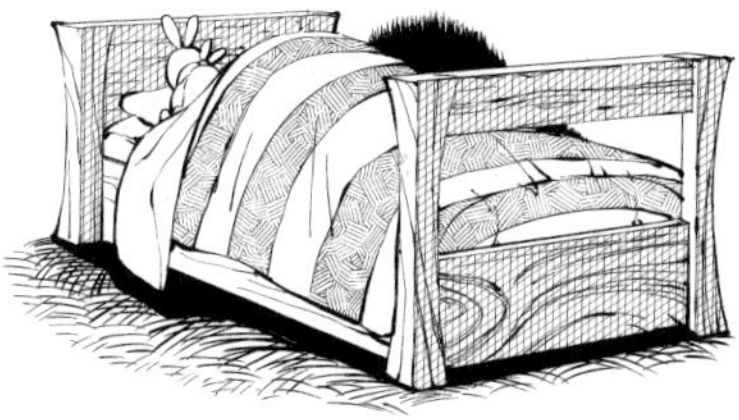

瞼《まぶた》を閉じると眼球は上転するので、白目を剝いて寝ているだけなら何の問題もないが、声をかけても、揺さぶっても何日間も起きないというのはありえない。
そう——この子どもはすでに「死亡」している。
それにもかかわらず、いまだに寝ていると信じ込《こ》んでいるのか、死んでいることを受け入れたくなくて「寝ている」と思い込んでいるのか……どちらにせよ、父親の言動が異常すぎる。

STORY 051

付きまとう女

私は誰《だれ》もが振《ふ》り向く美人。
だから、それを妬《ねた》む輩《やから》が出てくることだって想定内。
厭味《いやみ》や陰口《かげぐち》なんて慣れっこよ。
そんなの気にしたって仕方がない。
でもね。
ただ一人、タチの悪い奴《やつ》がいるの。
老《ふ》けた、ボサボサ頭の女。
毎日必ず見かけるの。
私と同じ服装、同じ仕草……完全に私のモノマネをするだけ。
ほら。
会社帰りにショッピングに来たというのに、今も私に付きまとっている。
ショーウィンドウに映り込《こ》んでいる彼女《かのじょ》を見て私は大きく溜息《ためいき》を吐《つ》いた。

「本当にキモチガワルイ」

付きまとう女の正体は鏡やショーウィンドウに映った自分自身。
自分自身が思い込んでいる自分の姿と、客観的に見られているあなたの姿。
本当に同じでしょうか？
もう一度、自分自身の姿を見つめてみてください。
目の前にある鏡の前に立って……真実から目を背《そむ》けないようにして……。
ほら。
そこに映っているのは――「あなた」ですか？

STORY 052

安定剤

プチッ
苛々《いらいら》する
プチプチッ
どいつもこいつも
プチップチッ
皆《みな》くたばれっ！

無意識に髪《かみ》の毛を抜《ぬ》きながら悪態をつけば、気持ちが落ち着く。
このプチプチ感が俺《おれ》の一種の精神安定剤。
指に絡《から》む長い髪を見下ろせば、また精神が不安定になる。

「こいつの頭。もう毛がねぇじゃん」

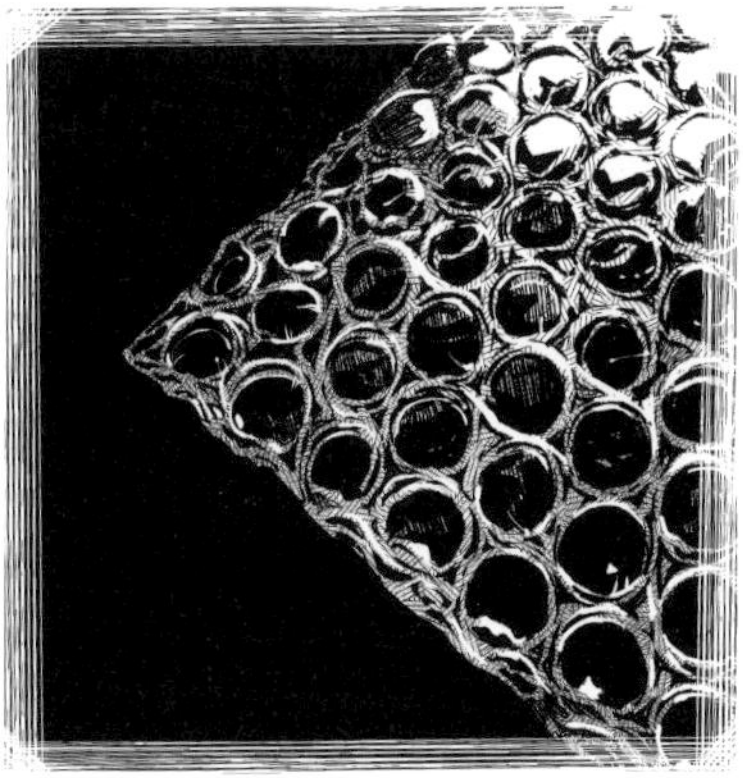

他人の髪の毛を抜いてストレス発散するとははた迷惑《めいわく》な男である。
だが、頭の毛が無くなるまで他人に髪を抜かせる人なんているのだろうか？
彼《かれ》が抜いている髪の毛の持ち主はすでに……恐《おそ》ろしい話である。

STORY 053

藁《わら》人形

「ちょっと、優子《ゆうこ》。見てみなよ。こんなとこに呪《のろ》いの藁人形があるわよ。いまだにやってる人なんていているんだねぇ……。こんなことして、ホントに効果あるのかしら？」

幼い頃から仲良しの優子の腕《うで》を引っ張って、木に打ちつけられた藁人形を指差すと、

「効果なんて、ないわ」と、不気味なほど低い声を出した優子。

思わず、「え？」と声を漏《も》らして振《ふ》り返ると、彼女《かのじょ》は私を睨《にら》みつけるような目で見ていた。

「だってアンタ、生きてるじゃない」

藁人形の効果があるかどうか知っているのは、実際に呪ったことがある人だけ。
「効果なんてないわ」と言い切った優子は、当然、藁人形を使ったことがあるということ。
「だってアンタ、生きてるじゃない」という台詞《せりふ》からすると、優子が呪うほど憎い相手というのは、幼い頃から仲良しだと思っていた語り手自身。
人の気持ちというものは、分からないものですね。

STORY 054

防犯に自信アリ

一人暮らしの彼女《かのじょ》が最近怯《おび》えているので、様子を見に部屋までやってきた。

「部屋の様子がおかしいの」

ゲッソリとやつれた顔をしてつぶやく彼女を抱きしめ、理由を問えば、「留守中、人が入ったような形跡があるの」と、小刻《こきざ》みに震《ふる》え出した。

合鍵《あいかぎ》を貰《もら》ってない俺《おれ》は、辺りを見渡し、「気のせいだろ」と言った。

そのときチャイムの音が鳴る。

宅配便か何かだと思い、彼女が玄関へと向かった。

「今、彼氏《かれし》さんとのお話を聞いていたのですが、うちは防犯には自信あります。安心してくださいね」

管理人の元気な声がリビングにまで響《ひび》いてきた。

しっかりしたマンションなのに、なんで彼女は怯えているんだろう。

彼女と彼氏。
二人しかいない部屋での会話を、管理人はどのようにして聞いていたのだろうか？
防犯に自信がある云々《うんぬん》よりも、管理人の言動がヤバすぎる。

STORY 055

彼女《かのじょ》に避《さ》けられる

最近、彼女から避けられている。
アルバイト先に行くと、いつも笑顔で挨拶《あいさつ》してくれたのに、僕《ぼく》に内緒で辞めたようだ。
電話にも出ない。
僕が何かしたのなら謝るし、不満があるなら直すのに。
よし。
今日こそ話し合おう。
僕は彼女のアパートのドアをこじ開け部屋で待つことにした。

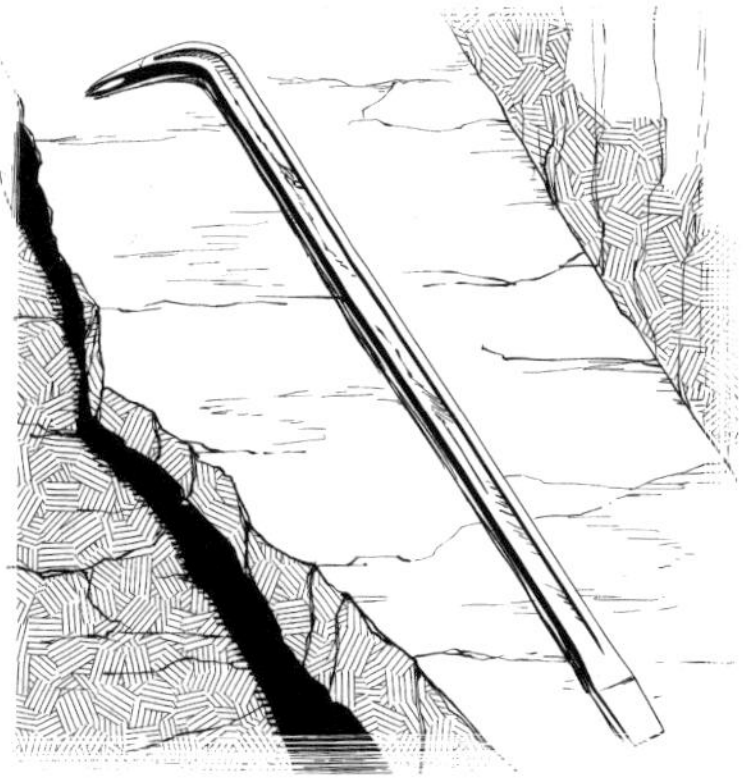

たとえ恋人《こいびと》同士であっても、彼女のアパートのドアをこじ開けるのはおかしい。
彼《かれ》からの電話にも出ないし、内緒でバイトも辞めるということは彼氏ですらないのだろう。
ストーカーというのは自分がストーカーをしている自覚がない。
あなたが恋人だと思っている人は、本当にあなたの恋人ですか？

遅《ち》延《えん》届け

寝《ね》坊《ぼう》した。
会社に遅《おく》れてしまう。
このままじゃやばい。
どうしよう？
そうだ。こうすれば……
「人身事故とか最悪」
「三十分以上電車で缶詰《かんづめ》状態とかありえねぇって」
会社に到着すると、遅刻者だらけだ。
遅延届けも貰《もら》えたし。
遅刻も俺《おれ》だけじゃない。
やっぱ、この手に限る。

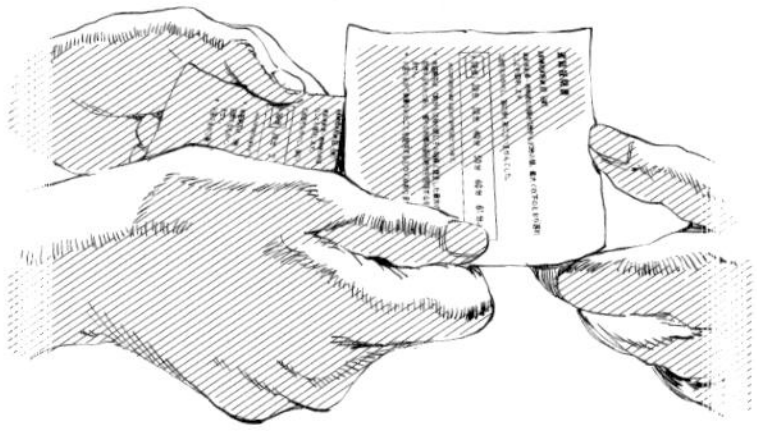

遅刻をしたくないがために、人身事故を
引き起こした彼《かれ》。
ホームからの転落事故や踏切《ふみきり》事故の中には、もしかしたらこういった「悪意」が
潜《ひそ》んでいるのかもしれない。
電車待ちをしているあなた。
背後には気をつけてください。

STORY 057

お前誰《だれ》だよ

鍵《かぎ》を開けて家に入ると、見知らぬ男がコーヒーを飲んでくつろいでいた。

「お、お前‼　誰だよ！」

大声で怒鳴ると、彼《かれ》は怯《おび》えたような顔をして、手に持ったマグカップを落とした。

そのとき、俺《おれ》の脳内で「今すぐ逃げろ」と警鐘が鳴り響《ひび》いた。

舌打ちして家を出る。

「お前誰だよって、そりゃ、向こうの台詞《せりふ》だわな」

部屋でコーヒーを飲んでいた見知らぬ人のほうが家主。
家に人がいる状態で鍵をこじ開けて侵《しん》入《にゅう》するなんて、どれだけ間抜けな泥棒《どろぼう》なんだと思うなかれ。
リアルで対面したら、笑いごとでは済まされない。

STORY 058

真夜中のメイク直し

一人暮らしの俺《おれ》の家に、彼女《かのじょ》が遊びに来た。

楽しい時間を過ごしたあと、俺と彼女は電気を消して一緒に寝《ね》た。

夜中に喉《のど》が渇《かわ》いて目が覚めると、隣《となり》にいたはずの彼女がいない。

真っ暗なので電気を点けると、彼女が鏡に向かっていた。

「何してんだよ?」

「寝起きのスッピン見られるの恥《は》ずかしいからさ」

メイクをしっかりと施《ほどこ》して照れたように笑う彼女。

スッピンでも可愛《かわい》いのに、変なところで気を遣《つか》うところがいじらしいよな。

彼氏《かれし》にはいつでも綺麗《きれい》な自分を見せたい
という女心は可愛いもの。
けれど、夜中にメイクを施すという行為《こうい》
自体、どこか異様な雰囲気《ふんいき》を感じさせる
うえに、部屋の中は真っ暗である。
鏡に映る自分の顔など見えるはずがない。
いじらしいというよりも、異常だと思う
ほうが正しい。

STORY 059

誰《だれ》にやられた？

下校時刻が過ぎているというのに、薄暗《うすぐら》い教室から声が聞こえた。

「誰にやられた？」

「言いません」

「その怪我《けが》は誰に？」

「絶対に言いません！」

「分かった。帰りなさい」

あちこち怪我をした女生徒が出てきた。

彼女《かのじょ》が出てきた教室の中に、そのクラスの担任がいたので、事情を聞いてみた。

「彼女、怪我していましたが……」

担任は自分の拳《こぶし》を摩《さす》りながら静かに言った。

「だから口止めしていたんだ」

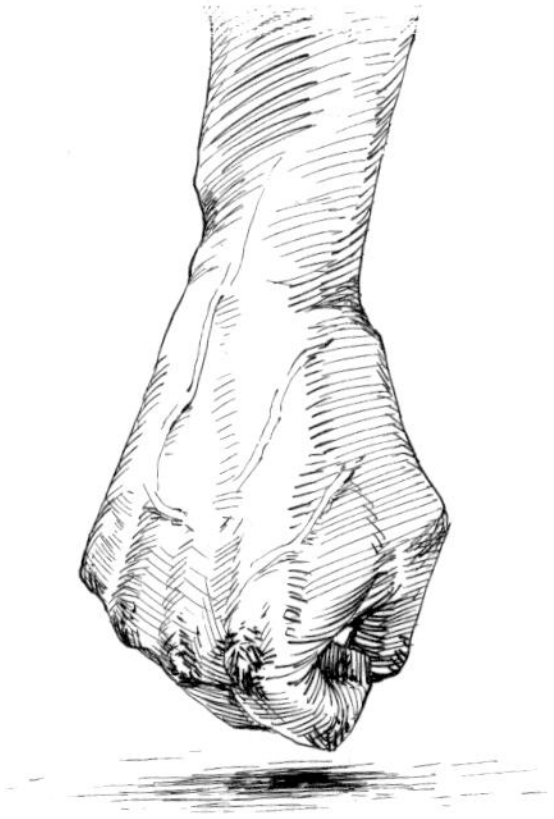

怪我をした女生徒から事情を聞き出そうとしているかと思いきや、逆に口止めしていたということは、先生が加害者。
誰かに怪我の原因を聞かれても決して口を割らないよう指導し、自らの暴行を隠《いん》蔽《ぺい》しようとしていた。
教師に限らず、これに似たような虐待《ぎゃくたい》や苛《いじ》めといったものは、気がつかないだけで意外と身近で起きているかもしれない。

STORY 060

猟犬《りょうけん》

狩猟免許と猟銃所持許可も取り、猟友会の人たちと狩猟を満喫《まんきつ》。

一人で狩猟するとき、猟師に犬を借りた。

この犬は賢い。

あっちに行け。

ここで待て。

すべて言われたとおりにする。

これなら簡単に仕留められる。

山を降り飼い主にお礼を言った。

「最高でした。もっと猟犬、いませんか？」

猟犬を借りて仕留めたものは、熊でも鹿でもなく猟犬そのもの。
一見、常識的で人の好《よ》さそうな顔をしている人の中にも、嗜虐《しぎゃく》的で自分以外の生き物をいたずらに傷つけ、その苦しむ様子を見ることで快楽を得る人間はいる。
人は見かけによらぬもの。
あなたは周りにいる人たちが……いいえ、あなた自身がマトモな人間だと言い切れますか？

STORY 061

富士山

山岳《さんがく》部の仲間が暗い顔をしていた。

「どうしたんだ？」

悩みでもあるのかと思い尋《たず》ねる。

「俺《おれ》さ、富士山は諦《あきら》めようと思うんだ」

「なんで？」

「やっぱり高嶺《たかね》だよ」

御嶽山《おんたけさん》や八ヶ岳《やつがたけ》だって登っているのだから、弱気になる必要はない。

「まぁ。確かに高いな。でも、一歩一歩確実に進めば絶対にイケるって！」

「そうかな？」

「そうだよ！　無理だなんて言わずに、まずは挑戦しろよ」

俺の言葉を聞き、彼はふっきれたような顔をしてうなずいた。

数ヶ月後。

彼はストーカー容疑で捕《つか》まった。
藤《ふじ》という女性に付きまとっていたらしい。

山岳部の仲間が話した「フジサン」への悩みは、実は「藤さん」という女性への恋心《こいごころ》。
完全に「富士山」のことだと勘違《かんちが》いし、間接的にストーカー行為《こうい》の背中を押してしまった語り手が一番、後味が悪いことだろう。
人から悩み相談を受けるときには、無責任なことを言わないように気をつけよう。

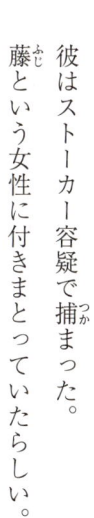

STORY 062

美味《おい》しいメンチカツ

最近、近所の肉屋さんで作っているメンチカツが美味しいと評判。

俺《おれ》も昔食べたことがあるが、当時の味は普通だったはず。

もしかして隠《かく》し味でも入れたのかな？

そういえば。

旦那《だんな》さんが急死してから、評判になったような……まさかねぇ？

気になって購入《こうにゅう》したが、別に人の肉とか胎児《たいじ》の肉とかっていう特別な肉の味ではなかった。

なぁんだ。

心配して損した。

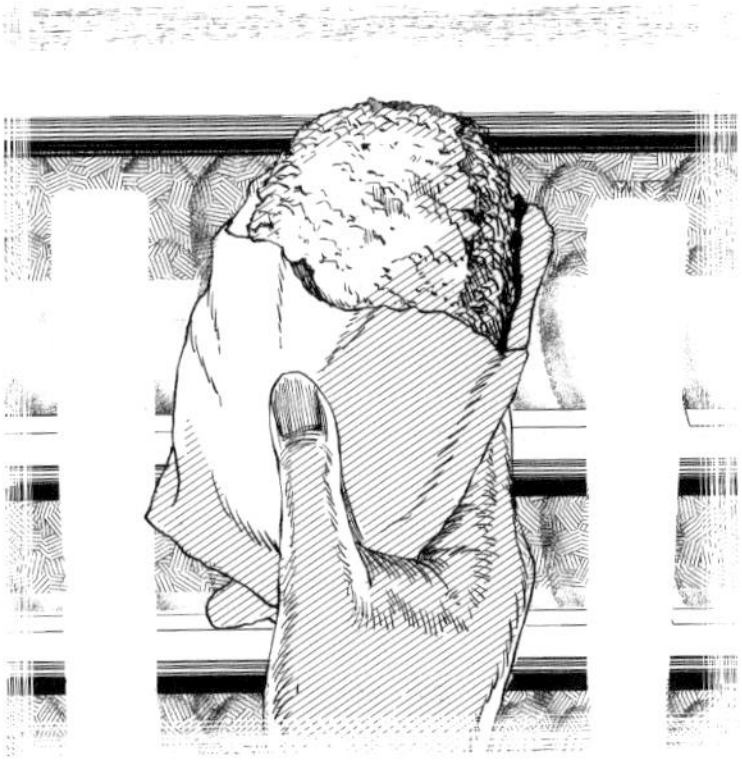

何の肉の味かなんて、一回や二回食べたくらいでは分からないはずなのに、メンチカツの隠し味が気になって購入した語り手は、なぜ、人肉や胎児の肉の味がしないと言い切れたのか。
自然体で語られる異常さ。
もしかしたら、あなたの身近にいる人も、とんでもない秘密を抱えているかもしれない。

STORY 063

分かち合い

怪《あや》しいと思って探偵《たんてい》会社に依頼した結果、やっぱり夫は浮気《うわき》をしていた。
しかも、四人と。
証拠《しょうこ》を突きつけ追及するが、離婚は嫌《いや》だと言う。
仕方ないので、四人全員と対面させてくれることを条件に赦《ゆる》した。
夫は留守番。
私は四人と会う。
皆《みな》に夫の好きなところを聞く。各々《おのおの》好きなところが違《ちが》う。
私の提案に皆、快諾《かいだく》した。
五人で家に戻《もど》る。
「皆で貴方《あなた》を分け合うことにしたわ」
その直後、夫の絶叫《ぜっきょう》が響《ひび》いた。

妻と浮気相手は、話し合いの結果、夫の好きな「部位」がそれぞれ違っていたので、好きな部位を仲良く分け合うことに決め、解体した。
これもすべては女の気持ちを踏《ふ》みにじった罰《ばつ》なのだから仕方がない。
自業自得に因果応報《いんがおうほう》。
悪いことをすれば、巡《めぐ》り巡って自分に返ってくるのは当然のことである。

STORY 064

社畜誕生秘話

会議室に上司を呼びに行くと、扉《とびら》の奥から大きな声が聞こえた。

上司が社長と口論しているようだ。

「さっさと視察に行きましょうよ」

「う~ん。でもなぁ……」

どこかに視察に行くのを社長が渋《しぶ》っている様子。

「でももへったくれもありません！　早くしないとすべてがオジャンに……」

「考察は？」

「そんな暇《ひま》ありませんよ」

「あー……でも僕《ぼく》、札のほうが好きなんだよね」

社長たるもの金勘定《かねかんじょう》が好きなのもうなずける。

「ここにきて我儘《わがまま》を言わないでください。さっさとヤラなきゃ、あいつ我々を裏切るつもりですよ！」

いよいよ何の話か分かってしまった俺《おれ》は、会社を辞めることは死を意味するのかもと思い、一生社畜かとガクリと肩を落とした。

社長と上司との会話が恐《おそ》ろしい。

「視察」は「刺殺《しさつ》」

「考察」は「絞殺《こうさつ》」

「僕、札」は「撲殺《ぼくさつ》」

裏切った社員をどう始末するかを相談していたようだ。

こんな会話を聞いてしまったら普通は逃げたくなるが、逃げたり、使えないと判断されたら殺されると思って、必死になるのもうなずける。

STORY 065

虐待《ぎゃくたい》

学校によく痣《あざ》を作って登校してくる女の子がいた。

彼女《かのじょ》の母親もまた、痣だらけであったので、父親のＤＶなのだろうと噂《うわさ》されていた。

ある日、骨折をしてきた彼女を見て、これはまずいと学校側も児童相談所も動き出した。

父親による彼女への暴力が発覚し、傷害罪で逮捕《たいほ》。

一件落着かと思いきや、母親は「主人を連れていかないで！」と泣き叫《さけ》んでいた。

ＤＶ被害女性は依存度が高い。

母親もそのタイプだったのだろう。

喚《わめ》く母親を無視して、警察は父親を連行していった。

児童相談員が「これで安心して暮らせるね」と言うと、彼女は笑顔でうなずいた。

「邪魔者《じゃまもの》がいなくなったから、思う存分玩具《おもちゃ》で遊べる」

その目は狂気に満ちていた。

母親が痣だらけなのは、娘の暴力によるもの。
父親は、暴力をふるう娘を叱《しか》りつけ、時には暴力行為をしてまで母親を庇《かば》っていたのだが、家の内情を知らない周囲は、彼が母親と娘に暴行を加えていたと思い込《こ》んでしまった。
家庭内暴力はついつい力の強い男性（父親・旦那《だんな》）が加害者だと思われがちだが、そういった思い込みがかえって不幸を招くこともある。

STORY 066

仲良し

私と親友は仲がいい。
食べ物でも洋服でも、よく交換しあったり、借りあったりする。
ある日、親友が「私のノート交換して」と言った。
たぶん、授業中、ノートを取り忘れたのだろう。
快く承諾《しょうだく》すると、翌日、私と親友は手術台の上にいた。
「これで私、貴女《あなた》になれるわ」
彼女《かのじょ》は一体何を言っているの？
体を固定されている私は、頭に迫《せま》る電動ノコギリを見て悲鳴を上げた。

何でも交換しあえるほどの仲良しな親友が言ったのは、「私のノート交換して」ではなく、「私の脳と交換して」ということ。
あまりにも好きすぎてなのか、それとも語り手の見た目や人生そのものと入《い》れ替《か》わりたいのかは分からないが、あまりにも常軌《じょうき》を逸《いつ》しすぎている。

STORY 067

見た目より中身

俺《おれ》の兄貴は、高身長、高学歴で、顔もイケメン。

ミスターパーフェクトだ。

俺だって、そこそこ顔も良ければ背も高いし、頭だって良いのだが、歴代の彼女《かのじょ》全員、兄貴に心変わりするんだ。

でも、今の彼女は違《ちが》う。

彼女は兄貴を見ても「私は貴方《あなた》の中身にゾッコンよ」と言ってくれた。

そんな彼女の家族にとうとう挨拶《あいさつ》に行ったのだが、俺は激しく後悔《こうかい》している。

「やっぱり、貴方は最高。ホルモンもプリプリだし、程よい肉づきで美味《おい》しいわ。貴方のお兄さんってば、ちょっと年いってるし、筋肉つきすぎてて、美味しくなさそうだったのよねぇ。貴方で大正解」

彼女と彼女の両親は笑顔で俺を解体した。

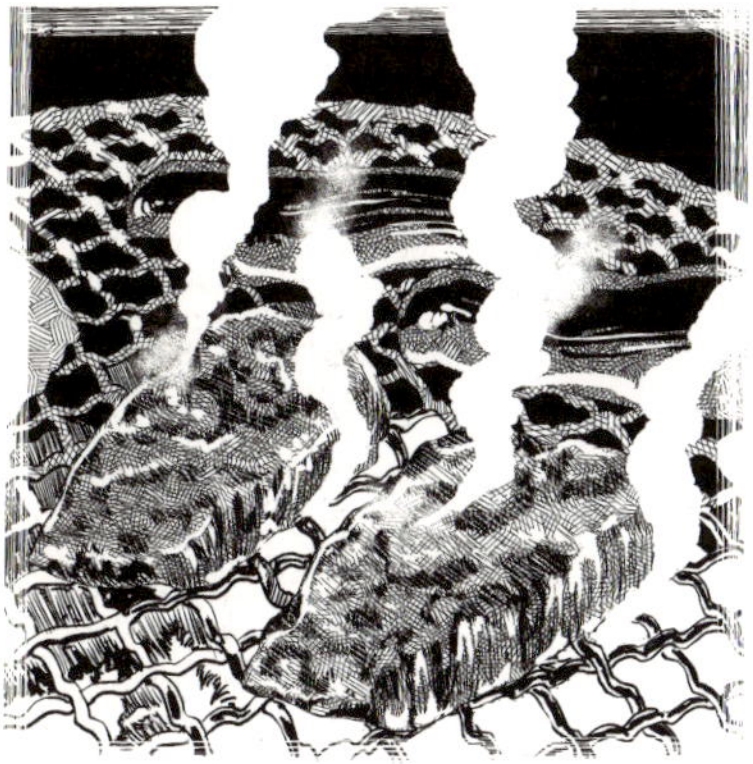

出来の良い兄よりも、優れているのが
「中身」だと言われて嬉《うれ》しくない人はいない。
まさか、その「中身」が性格ではなく、
内臓や肉質といった体の中身のことを言っているだなんて、一体誰が想像しただろうか。
「あなたの中身に興味があるんです」なんていう甘い言葉。
もう信じられません。

STORY 068

愛想のいい彼女《かのじょ》

俺の彼女は皆《みな》に笑顔を振《ふ》りまく。

愛想がいいのはいいけれど、正直、彼氏《かれし》としては心配になる。

俺《おれ》の家にいるときは彼女を独占できるからいいんだけど、彼女、ピュアだから手すら握《にぎ》れないんだよね。

今日は彼女に会いに行く日。

可愛《かわい》いからナンパされてないか心配してたら案の定、たくさんの男たちに囲まれてる。ったく。俺の彼女なのに。

俺は彼女を抱きしめて「触《さわ》るんじゃねえ！」と怒鳴ったら、彼女、自分が怒られたと思って、「やだ！　誰《だれ》？　やめて！」とか泣きだしちゃうの。

馬鹿だよなぁ。俺が威嚇《いかく》したのは、君に群がる男どもに対してなのにさ。

語り手はアイドルを自分の恋人《こいびと》だと思い込《こ》んでいる。

家にいるときに手すら握れないのは、テレビ越《ご》しだから。

芸能人がファンに対して笑顔を向けるのも、優しい言葉をかけるのもすべては商売のため。

アイドルやアニメ、ゲームにハマっているあなた。

疑似恋愛《ぎじれんあい》と現実の区別。

ちゃんとついていますか？

STORY 069

リストラ

俺は海外で、臓器移植コーディネートの仕事をしている。

日本であれば、国内唯一《ゆいいつ》の機関なのでリストラもないのかもしれないが、俺の勤務先はそうじゃない。

新鮮な臓器がどこよりも早く手に入ることをウリにしている会社だから、提供者を探したり、確保するのも俺たちが率先して動く。

ノルマもあるし、足りなきゃ俺らの首を切られるんだから、必死だよ。

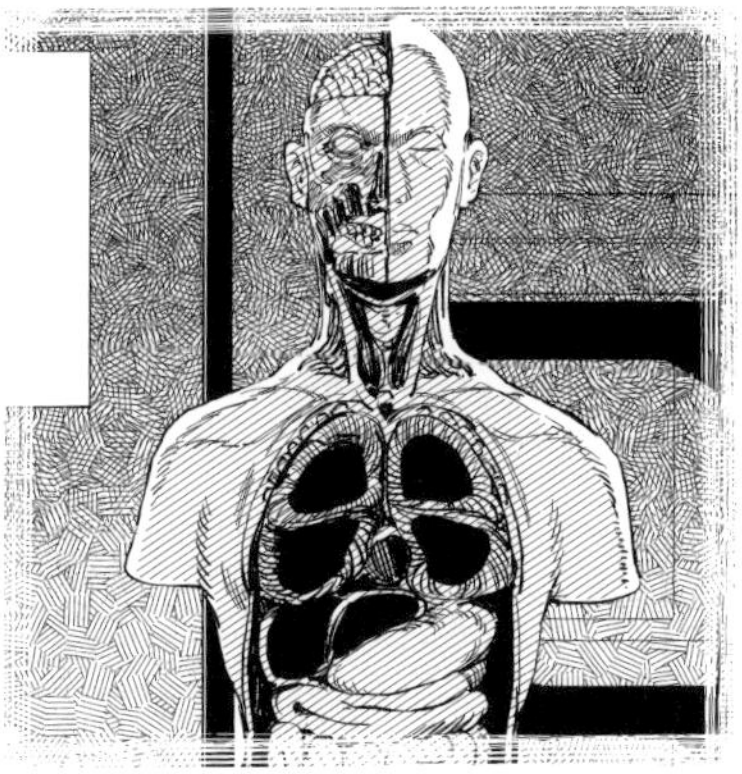

首を切られるというのは、文字どおり、
首をちょん切られ、新鮮な臓器を奪《うば》われ
てしまうということ。
ハイリスク・ハイリターンとはいえ、命
に関わる仕事は避《さ》けたいものです。

この作品は、小説投稿サイト『エブリスタ』の投稿作品に大幅な加筆・修正を加えたものです。

[著者略歴]
藤白圭（ふじしろ・けい）
愛知県出身。2月14日生まれ。B型。
物心つく前から母親より、童話や絵本ではなく怪談を読み聞かせられる。
その甲斐あってか、自他ともに認めるホラー・オカルト大好き人間。
常日頃から、世の中の不思議と恐怖に向き合っている。
小説投稿サイト『エブリスタ』で活躍し、本作が単著デビューとなる。

5分シリーズ+

意味《いみ》が分《わ》かると怖《こわ》い話《はなし》

2018年7月20日　初版印刷
2018年7月30日　初版発行

著者	藤白圭
発行者	小野寺優
発行所	株式会社河出書房新社 〒151-0051　東京都渋谷区千駄ヶ谷2-32-2 ☎03-3404-1201（営業）　☎03-3404-8611（編集） http://www.kawade.co.jp/
カバーイラスト	VOFAN
挿絵	kirusu
デザイン	太田規介（BALCOLONY.）
組版	株式会社キャップス
印刷・製本	株式会社暁印刷

ISBN978-4-309-02709-8　Printed in Japan

5分後に涙のラスト

感動するのに、時間はいらない――
過去アプリで運命に逆らう「不変のディザイア」ほか、最高の感動体験8作収録。

ISBN978-4-309-61211-9

5分後に驚愕《きょうがく》のどんでん返し

こんな結末、絶対予想できない――
超能力を持つ男の顚末を描く「私は能力者」ほか、衝撃の体験11作収録。

ISBN978-4-309-61212-6

5分後に戦慄《せんりつ》のラスト

読み終わったら、人間が怖くなった――
隙間を覗かずにはいられない男を描く「隙間」ほか、怒濤の恐怖体験11作収録。

ISBN978-4-309-61213-3

5分後に感動のラスト

ページをめくれば、すぐ涙――

家族の愛を手に入れられなかった男の顚末を描く「ぼくが欲しかったもの。」等計8作。

ISBN978-4-309-61214-0

5分後に後味の悪いラスト

最悪なのに、クセになる――

携帯電話に来た「SOS」から始まる「暇つぶし」ほか、目をふさぎたくなる短篇13作。

ISBN978-4-309-61215-7

5分間で心にしみるストーリー

この短さに込められた、あまりに深い物語――

宇宙船襲来後の家族の絆を描く「リング」ほか、思わず考えさせられる短篇8作収録。

ISBN978-4-309-61216-4

5分後に禁断《きんだん》のラスト

それは、開けてはいけない扉——
復讐に燃える男の決断を描く「7歳の君を、殺すということ」など衝撃の8作収録。

ISBN978-4-309-61217-1

5分後に笑えるどんでん返し

読めばすぐに「脱力」確定！
美術館に通う男の子が閉館直前に発した言葉とは？「美術展にて」など笑撃の15作収録。

ISBN978-4-309-61218-8

5分後に恋するラスト

友達から恋に変わる、その瞬間——
人気声優による朗読で話題となった「放課後スピーチ」など、胸キュン確実の10作収録。

ISBN978-4-309-61219-5